王曉平 編著

日藏詩經古寫本刻本彙編（第一輯） 第十一冊

中華書局

穎濱先生詩集傳（上）

卷一——卷十

潁濱先生詩集傳目録

潁濱先生詩集傳研究序説 ……………………………… 四二四九

潁濱先生詩集傳卷第一

國風

周南（十一篇）

關雎 …………………… 四二六四
葛覃 …………………… 四二六四
卷耳 …………………… 四二六八
樛木 …………………… 四二七〇
螽斯 …………………… 四二七二
桃夭 …………………… 四二七三
兔罝 …………………… 四二七四
芣苢 …………………… 四二七四
漢廣 …………………… 四二七六
汝墳 …………………… 四二七七
麟之趾 ………………… 四二七九
　　　　　　　　　 四二八〇

召南（十四篇）

鵲巢 …………………… 四二八二
采蘩 …………………… 四二八三
采蘋 …………………… 四二八四
草蟲 …………………… 四二八五
甘棠 …………………… 四二八七
行露 …………………… 四二八八
羔羊 …………………… 四二九〇
殷其靁 ………………… 四二九一
摽有梅 ………………… 四二九二
小星 …………………… 四二九四
江有汜 ………………… 四二九四
野有死麕 ……………… 四二九六
何彼襛矣 ……………… 四二九七
騶虞 …………………… 四二九九

潁濱先生詩集傳卷第二

邶（十九篇）

柏舟 ……………………………………… 四三〇二

綠衣 ……………………………………… 四三〇五

燕燕 ……………………………………… 四三〇六

日月 ……………………………………… 四三〇八

終風 ……………………………………… 四三一〇

擊鼓 ……………………………………… 四三一一

凱風 ……………………………………… 四三一三

雄雉 ……………………………………… 四三一四

匏有苦葉 ………………………………… 四三一六

谷風 ……………………………………… 四三一八

式微 ……………………………………… 四三二二

旄丘 ……………………………………… 四三二三

簡兮 ……………………………………… 四三二六

泉水 ……………………………………… 四三二八

北門 ……………………………………… 四三三一

北風 ……………………………………… 四三三三

静女 ……………………………………… 四三三五

新臺 ……………………………………… 四三三六

潁濱先生詩集傳卷第三

鄘（十篇）

柏舟 ……………………………………… 四三三九

牆有茨 …………………………………… 四三四〇

君子偕老 ………………………………… 四三四一

桑中 ……………………………………… 四三四三

鶉之奔奔 ………………………………… 四三四四

定之方中 ………………………………… 四三四五

蝃蝀 ……………………………………… 四三四九

相鼠 ……………………………………… 四三五〇

干旄 ……………………………………… 四三五一

載馳 ……………………………………… 四三五三

衛（十篇）

淇奧 ……………………………………… 四三五七

考槃 ……………………………………… 四三六〇

碩人 ……………………………………… 四三六一

氓 ………………………………………… 四三六三

竹竿 ……………………………………… 四三六六

芄蘭 ……………………………………… 四三六八

二子乘舟 ………………………………… 四三三七

河廣 ………………………………………………… 四三六九

伯兮 ………………………………………………… 四三七〇

有狐 ………………………………………………… 四三七一

木瓜 ………………………………………………… 四三七二

潁濱先生詩集傳卷第四

王(十篇)

黍離 ………………………………………………… 四三七六

君子于役 …………………………………………… 四三七七

君子陽陽 …………………………………………… 四三七八

揚之水 ……………………………………………… 四三七九

中谷有蓷 …………………………………………… 四三八〇

兔爰 ………………………………………………… 四三八二

葛藟 ………………………………………………… 四三八三

采葛 ………………………………………………… 四三八五

大車 ………………………………………………… 四三八六

丘中有麻 …………………………………………… 四三八七

鄭(二十一篇)

緇衣 ………………………………………………… 四三九〇

將仲子 ……………………………………………… 四三九一

叔于田 ……………………………………………… 四三九三

大叔于田 …………………………………………… 四三九四

清人 ………………………………………………… 四三九六

羔裘 ………………………………………………… 四三九八

遵大路 ……………………………………………… 四三九九

女曰雞鳴 …………………………………………… 四四〇〇

有女同車 …………………………………………… 四四〇一

山有扶蘇 …………………………………………… 四四〇二

蘀兮 ………………………………………………… 四四〇四

狡童 ………………………………………………… 四四〇五

褰裳 ………………………………………………… 四四〇六

丰 …………………………………………………… 四四〇七

東門之墠 …………………………………………… 四四〇八

風雨 ………………………………………………… 四四〇九

子衿 ………………………………………………… 四四一〇

揚之水 ……………………………………………… 四四一一

出其東門 …………………………………………… 四四一三

野有蔓草 …………………………………………… 四四一四

溱洧 ………………………………………………… 四四一五

潁濱先生詩集傳卷第五

齊(十一篇)

雞鳴……………………四四一七

還………………………四四一八

著…………………………四四一九

東方之日………………四四二〇

東方未明………………四四二一

南山………………………四四二三

甫田………………………四四二五

盧令………………………四四二七

敝笱………………………四四二八

載驅………………………四四二九

猗嗟………………………四四三〇

魏（七篇）

葛屨………………………四四三三

汾沮洳……………………四四三四

園有桃……………………四四三六

陟岵………………………四四三八

十畝之間…………………四四三九

伐檀………………………四四四〇

碩鼠………………………四四四二

唐（十二篇）

蟋蟀………………………四四四五

山有樞……………………四四四七

揚之水……………………四四四八

椒聊………………………四四五〇

綢繆………………………四四五一

杕杜………………………四四五三

羔裘………………………四四五四

鴇羽………………………四四五五

無衣………………………四四五六

有杕之杜…………………四四五七

葛生………………………四四五八

采苓………………………四四六〇

秦（十篇）

車鄰………………………四四六三

駟驖………………………四四六四

小戎………………………四四六六

蒹葭………………………四四六九

終南………………………四四七一

黃鳥………………………四四七三

晨風 …………………………………………四四七四

無衣 …………………………………………四四七六

渭陽 …………………………………………四四七七

權輿 …………………………………………四四七七

潁濱先生詩集傳卷第七

陳（十篇）

宛丘 …………………………………………四四八〇

東門之枌 ……………………………………四四八一

衡門 …………………………………………四四八二

東門之池 ……………………………………四四八三

東門之楊 ……………………………………四四八五

墓門 …………………………………………四四八五

防有鵲巢 ……………………………………四四八七

月出 …………………………………………四四八九

株林 …………………………………………四四八九

澤陂 …………………………………………四四九〇

檜（四篇）

羔裘 …………………………………………四四九四

素冠 …………………………………………四四九五

隰有萇楚 ……………………………………四四九七

匪風 …………………………………………四四九七

曹（四篇）

蜉蝣 …………………………………………四四九九

候人 …………………………………………四五〇〇

鳲鳩 …………………………………………四五〇二

下泉 …………………………………………四五〇五

潁濱先生詩集傳卷第八

豳（七篇）

七月 …………………………………………四五〇八

鴟鴞 …………………………………………四五一八

東山 …………………………………………四五二〇

破斧 …………………………………………四五二四

伐柯 …………………………………………四五二五

九罭 …………………………………………四五二七

狼跋 …………………………………………四五二九

潁濱先生詩集傳卷第九

小雅

鹿鳴之什 （十篇，另二篇無辭）

鹿鳴 …………………………………………四五三一

四牡 …………………………………………四五三三

皇皇者華 …… 四五三六
常棣 …… 四五三七
伐木 …… 四五四一
天保 …… 四五四四
采薇 …… 四五四七
出車 …… 四五五一
杕杜 …… 四五五五
魚麗 …… 四五五七

南陔之什(十四篇,六篇無辭)
穎濱先生詩集傳卷第十

南陔(無辭) …… 四五六一
白華(無辭) …… 四五六一
華黍(無辭) …… 四五六一
南有嘉魚 …… 四五六一
南山有臺 …… 四五六四
由庚(無辭) …… 四五六五
崇丘(無辭) …… 四五六六
由儀(無辭) …… 四五六六
蓼蕭 …… 四五六六
湛露 …… 四五六八

彤弓之什(十篇)

彤弓 …… 四五七〇
菁菁者莪 …… 四五七一
六月 …… 四五七三
采芑 …… 四五七六
車攻 …… 四五八〇
吉日 …… 四五八三
鴻鴈 …… 四五八五
庭燎 …… 四五八六
沔水 …… 四五八八
鶴鳴 …… 四五九〇

祈父之什(十篇)
穎濱先生詩集傳卷第十一

祈父 …… 四五九五
白駒 …… 四五九六
黃鳥 …… 四五九八
我行其野 …… 四五九九
斯干 …… 四六〇〇
無羊 …… 四六〇五
節南山 …… 四六〇七

正月……………………………………四六一三

十月之交……………………………四六二一

雨無正………………………………四六二六

小旻之什（十篇）

小旻…………………………………四六三一

小宛…………………………………四六三五

小弁…………………………………四六三九

巧言…………………………………四六四三

何人斯………………………………四六四八

巷伯…………………………………四六五一

谷風…………………………………四六五四

蓼莪…………………………………四六五五

大東…………………………………四六五七

四月…………………………………四六六三

北山之什（十篇）

潁濱先生詩集傳卷第十二

北山…………………………………四六六七

無將大車……………………………四六六八

小明…………………………………四六六九

鼓鍾…………………………………四六七二

楚茨…………………………………四六七三

信南山………………………………四六七八

甫田…………………………………四六八一

大田…………………………………四六八四

瞻彼洛矣……………………………四六八七

裳裳者華……………………………四六八八

潁濱先生詩集傳卷第十三

桑扈之什（十篇）

桑扈…………………………………四六九三

鴛鴦…………………………………四六九四

頍弁…………………………………四六九六

車舝…………………………………四六九八

青蠅…………………………………四七〇一

賓之初筵……………………………四七〇一

魚藻…………………………………四七〇六

采菽…………………………………四七〇七

角弓…………………………………四七一一

菀柳…………………………………四七一四

潁濱先生詩集傳卷第十四

都人士之什（十篇）

都人士 …………………………… 四七一七
采綠 ……………………………… 四七一九
黍苗 ……………………………… 四七二一
隰桑 ……………………………… 四七二三
白華 ……………………………… 四七二三
綿蠻 ……………………………… 四七二七
瓠葉 ……………………………… 四七二八
漸漸之石 ………………………… 四七三〇
苕之華 …………………………… 四七三一
何草不黃 ………………………… 四七三三

穎濱先生詩集傳卷第十五

大雅

文王之什 （十篇）

文王 ……………………………… 四七三五
大明 ……………………………… 四七四二
緜 ………………………………… 四七四六
棫樸 ……………………………… 四七五三
旱麓 ……………………………… 四七五五
思齊 ……………………………… 四七五八
皇矣 ……………………………… 四七六一

靈臺 ……………………………… 四七六九
下武 ……………………………… 四七七一
文王有聲 ………………………… 四七七三

穎濱先生詩集傳卷第十六

生民之什（十篇）

生民 ……………………………… 四七七七
行葦 ……………………………… 四七八四
既醉 ……………………………… 四七八八
鳧鷖 ……………………………… 四七九〇
假樂 ……………………………… 四七九二
公劉 ……………………………… 四七九四
泂酌 ……………………………… 四七九九
卷阿 ……………………………… 四八〇〇
民勞 ……………………………… 四八〇五
板 ………………………………… 四八〇七

穎濱先生詩集傳卷第十七

蕩之什（十一篇）

蕩 ………………………………… 四八一五
抑 ………………………………… 四八一九
桑柔 ……………………………… 四八二七

雲漢 …………………………… 四八三六

崧高 …………………………… 四八四一

烝民 …………………………… 四八四五

韓奕 …………………………… 四八四九

江漢 …………………………… 四八五三

常武 …………………………… 四八五六

瞻卬 …………………………… 四八六〇

召旻 …………………………… 四八六二

潁濱先生詩集傳卷第十八

周頌

清廟之什 （十篇）

清廟 …………………………… 四八七〇

維天之命 ……………………… 四八七一

維清 …………………………… 四八七二

烈文 …………………………… 四八七三

天作 …………………………… 四八七六

昊天有成命 …………………… 四八七六

我將 …………………………… 四八七八

時邁 …………………………… 四八八一

執競 …………………………… 四八八三

思文 …………………………… 四八八四

臣工之什（十篇）

臣工 …………………………… 四八八九

噫嘻 …………………………… 四八九〇

振鷺 …………………………… 四八九二

豐年 …………………………… 四八九三

有瞽 …………………………… 四八九三

潛 ……………………………… 四八九四

雝 ……………………………… 四八九五

載見 …………………………… 四八九七

有客 …………………………… 四八九八

武 ……………………………… 四八九九

閔予小子之什（十一篇）

閔予小子 ……………………… 四九〇〇

訪落 …………………………… 四九〇一

敬之 …………………………… 四九〇二

小毖 …………………………… 四九〇三

載芟 …………………………… 四九〇四

良耜 …………………………… 四九〇六

絲衣 …………………………… 四九〇八

酌 …………………………………… 四九〇九

桓 …………………………………… 四九一〇

賚 …………………………………… 四九一一

般 …………………………………… 四九一三

潁濱先生詩集傳卷第十九

駉（四篇）

魯頌

駉 …………………………………… 四九一九

有駜 ………………………………… 四九二三

泮水 ………………………………… 四九二四

閟宮 ………………………………… 四九三〇

商頌

那（五篇）

那 …………………………………… 四九三九

烈祖 ………………………………… 四九四一

玄鳥 ………………………………… 四九四三

長發 ………………………………… 四九四五

殷武 ………………………………… 四九五〇

穎濱先生詩集傳研究序説

王曉平

蘇轍（一○三九——一一一二）是文學史上唐宋八大家之一，同時以一部《詩經集傳》在經學史上也佔有一席之地。他號曰穎濱遺老，所以《詩集傳》也稱《穎濱先生詩經集傳》，從蘇轍所撰《穎濱遺老傳》中所説的「平生好讀《詩》、《春秋》，病先儒多失其旨，欲更爲傳」來看，蘇轍撰寫《詩集傳》起於對先儒説詩失旨的不滿，著《詩經集傳》，就是要把《詩經》研究回歸到經的實際內涵之中。

本書有宋槧本，北京圖書館藏有宋淳熙刻本，爲海內外珍籍。流傳很廣的則是明萬曆二十五年焦竑主持翻刻的《兩蘇經解》本。此本由畢氏刻，題名爲《穎濱先生詩集傳》，共十九卷，每半葉十行，每行二十一字，白口，左右雙欄，單魚尾，上象鼻刻書名，下象鼻刻字數。《兩蘇經解》是《東坡易林傳》九卷、《書傳》二十卷及《穎濱先生詩集傳》十九卷、《春秋集解》十二卷的合刻本，有萬曆二十五年焦竑序。北京國家圖書館、北京大學圖書館、故宮博物院圖書館、浙江杭州大學圖書館、湖南省圖書館、臺北「中央」圖書館、日本內閣文庫、静嘉堂文庫、京都大學圖書館均藏有明萬曆二十五年畢氏刻本一部。一九八○年京都同朋舍曾影印出版京都大學所藏《兩蘇經解》（全四冊），收入京都大學漢籍善本叢書。

蘇轍《詩經集傳》諸家書目如《郡齋讀書記》、《宋史·藝文志》、《文獻通考》皆作二十卷，清《四庫全書》著録「內府藏本」亦二十卷，然文淵閣本則實爲十九卷，明刻《兩蘇經解》本亦十九卷。洪湛侯據北京圖書館所藏宋淳熙刻本與《四庫》文淵閣互核，發現淳熙刻本卷目第十一、十二兩卷誤合爲一卷（第十一卷），此本清乾隆內府未

能搜及，四庫館臣據書目定爲二十卷，謄抄時又據明刊十九卷抄録，則出現著録與書籍矛盾的現象。這裏影印的明刻本《兩蘇經解》已爲十九卷本，而焦竑《國史經籍志》則作「《潁濱詩傳》二十卷」，有可能他著録時照搬了前人之説，而刻入《兩蘇經解》時依照的是手邊所有的本子。

蘇轍《詩集傳》何時傳入日本，雖然尚難確考，可以推測的是，最晚室町時代末期，隨着朱熹代表的新學逐漸被清原家學者所吸收，蘇轍有關《詩經》的論説也會爲當時的學人所關注。江户初期大儒林羅山（一五八三——一六五七）之子林鵞峰（一六一八——一六八〇）所撰《詩訓異同》，除了大量引用朱、毛、鄭之外，也較多引用孔疏、吕氏《讀詩記》、《黄氏日抄》等，其中也用『子由曰』的形式，引用了蘇轍的詩説[二]。江户末期澀江全善、森立之撰《經籍訪古志》，未録蘇轍《詩集傳》傳本，有可能當時此書流傳甚少。

茅坤《潁濱文鈔》（《唐宋八大家文鈔》卷一六四）收有蘇轍《詩説》。《詩説》凝縮了蘇轍對於《詩經》研究的基本看法。茅坤這部書在江户時代即有流通，明治時代也有翻刻。一八八四年小野湖山校訂的沈德潛所編《唐宋八大家讀本抄》由横山源太郎刊印，一八九三年赤尾戒三編《唐宋八家文鈔》刊行。在漢詩文作者心目中蘇轍宋八大家讀本抄》由横山源太郎刊印，一八九三年赤尾戒三編《唐宋八家文鈔》刊行。在漢詩文作者心目中蘇轍的詩文享有盛名，而關注《詩集傳》的主要是研究經學的學者。

朱熹《朱子語録》卷十八評價蘇轍的《詩經》研究曾贊許説：「子由詩解好處多」，清《四庫全書總目》評曰：「轍於毛氏之學，亦不激不隨，務持其平者。」不過，也有學者對此書評價不甚高，如周中孚《鄭堂讀書記》卷八則認爲：「其所爲集解，亦不過融洽舊説，以就簡約，未見有出人意表者。」然而，從《詩經》宋學發展的軌跡來看，蘇轍《詩集傳》仍是一部不能繞過的著述。洪湛侯《詩經學史》從三方面概括後人對蘇轍《詩集傳》的評説，即「懷疑《詩序》，僅採首句」；「詮釋篇名，别有見解」；「論詩釋詞，每多創見」[三]，可謂簡明扼要。這裏，着重探討一下此書傳入日本之後的傳播和影響。

〔二〕〔日〕江口尚純《林鵞峰の詩經関係著述考略》，《詩経研究》第三一號。
〔三〕洪湛侯著《詩經學史》，北京：中華書局，二〇〇二年，三二四——三二八頁。

給日本學者印象最深的，當是在蘇轍《詩集傳》中對《詩序》的質疑。誠如清人皮錫瑞所言：「《論詩》比他經尤難明」[一]，一千位讀詩者，就會讀出一千部《詩經》。經是第一位的，形形色色的闡釋和注解都不能不退居二位。《詩序》也不過在這些闡釋之作中占其一位。《鄭箋》、《孔疏》卻將《詩序》與《經》緊緊粘貼在一起，解詩時不是以詩察《序》，而是憑《序》測《經》。唐代韓愈最早提出「子夏不序《詩》」，將《詩序》與子夏作了剝離，而唐代成伯璵《毛詩指說》最早提出只采用《詩序》首句的主張，將《詩序》再作切割，認爲「子夏惟裁首句耳。……其下皆是毛公自以詩中之意繫其辭也」。至北宋歐陽修將他的主張具體化，首創僅録《詩序》首句之例，對於《詩序》中自己認爲不必要的字，還動手刪除，這對於蘇轍懷疑《詩序》，僅採首句的做法可能是直接的影響源。可以說，打破《詩序》不可動搖的地位，既不是蘇轍一錘之功，也非蘇轍首功，但蘇轍的確也給了重重一錘。

蘇轍提出：「東漢《儒林傳》曰：衛弘從謝曼卿受學，作《毛詩序》，善得《風》、《雅》之旨，至今傳於世。隋《經籍志》曰：先儒相承謂《毛詩序》子夏所創，毛公及衛敬仲又加潤益。古説本如此，故予存其一言而已。曰：是詩言是事也，而盡去其餘，獨採其可者見於今傳。」他對子夏作《序》之説提出質疑，把它看成後世附會的説法：「世傳以爲出於子夏，予竊疑之。子夏嘗言《詩》於仲尼，仲尼稱之，故後世之謂《詩》者附之。」認爲如是古序，決不會如此詳細，今傳之序已被經師所附益，「是以其言時有反復煩重，類非一人之辭者，凡此皆毛氏之學，而衛宏之所集録也」。歐陽修、蘇轍以及朱熹相繼對盲從《詩序》的思維定勢發起挑戰，啓示後來的研究者直接進入《詩經》研究的深水區，而不必爲《詩序》死死束縛。

蘇轍對自己認爲《詩序》首句難以盡括全詩旨意的地方，往往加以補充，加注「毛詩之序曰」，以補首句之所未備，又或在所引首句之下，加寫些文字，把詩意説得更清楚。對於他認爲《詩序》純屬誤説的《山有扶蘇》、《采薇》等篇，也以自己的體會加以駁斥。

[一] 〔清〕皮錫瑞著《經學通論》，北京：華夏出版社，二〇一一年，一五七頁。

對於有些《詩經》研究中的老問題，蘇轍拿出了新看法，同時還提出了一些歷來疏解《詩經》著述很少涉及的新問題。周南、召南之分的問題，屬前者一例；篇名問題，屬後者一例。關於周南、召南之分，蘇轍提出周公治內、召公治外一說，後被朱熹部分吸收。篇名問題，則蘇轍是較早關注者之一。蘇轍說：「《小旻》、《小宛》、《小弁》、《小明》四詩，皆以小名篇，所以別其爲《小雅》也。其在《小雅》者謂之小，故其在《大雅》者謂之《召旻》、《大明》，獨《宛》、《弁》闕焉，意者孔子刪之矣，雖去其大而其小者猶謂之小，蓋即用其舊也。」（據朱熹《詩集傳》引）又說：「首章稱旻天，卒章稱召公，故謂之《召旻》，以別《小旻》而已。」有些問題屬於當時學人中的「熱點」問題，如關於《詩經》編次問題，歐陽修、王安石都發表了意見，蘇轍自立一說，這些都可以放在宋代競立新說的經學大環境中去審視。

江戶時代學者太田錦城（一七六五——一八二五）在論及《詩序》作者問題時強調「學者宜論其說合本經也否，其《傳》源子夏與否，非所問也」，同時也指出：「《序》首二句出於先秦也明矣」，「《序》首兩句及《小雅總論》出於先秦也」。明治時代著名學者竹添光鴻（一八四二——一九一七）《毛詩會箋》則明確把「《序》首二語」視爲先秦之說，他在該書總論中表明：「參考諸論，定《序》首二語爲毛萇以前所傳古序，以下續申之詞爲毛萇以後經師所附。」太田錦城和竹添光鴻沿襲了程大昌《考古編》之說，分《大序》、《小序》，以發序兩語爲《小序》，兩語以外續申之者爲《大序》。其說正本於蘇轍，而淵源於成伯璵。

白川靜（一九一○——二○○六）是日本二十世紀《詩經》研究屈指可數的研究者。在他所著《詩經》一書中談到宋代新的合理主義精神興起，對毛鄭詩學投以懷疑目光，蘇轍撰《詩集傳》主張詩序爲衛宏所輯錄，非先秦之學，進而南宋朱子在《詩集傳》中采取全面否定毛鄭之說的態度[1]。在《興的研究》一書中，注意到蘇轍對比興的說解，引用了蘇轍的定義：「興者，當時所見，有動乎中，非後人所得知，而關雎之類有取義者，皆比而非興。」，他

[一]　〔日〕白川靜著《白川靜著作集》第九卷，東京：平凡社，二○○○年，二○○頁。

解讀蘇轍的定義，取義者皆是比，而不是興，那麼不是取義的是否都是興，搞不懂蘇轍是什麼看法。認為興是產生於詩人特殊體驗當中的純屬個人性的，非後人可知的，這就陷入到不可知論了。一般全認為是興的，而蘇轍卻是將興意不明者當做比，而將起興之辭看來比喻上與主題無關的，定義為興[一]。

在《詩經研究通論》一書中，白川靜撰《詩集傳》二十卷，謂《詩序》之繁重者乃衛宏之所集錄，非毛公之舊，只取首句，其餘悉數刪除而不顧，且對《詩序》首句也時有譯文，例如《干旄》篇說：「此三詩小序皆以為文公時，蓋見其列於《定中》、《載馳》之間故耳，他無所考也。」采取一種大體認同其解釋的不徹底的態度，所以《四庫提要》卷一五評價說：「則轍於毛氏之學，亦不激不隨，務持其平者」但《詩序》的權威也大大下降了，撰有《詩論》的程大昌以後，祖述這種批判的人輩出，至南宋就有學者主張全廢《詩序》了[二]。

蘇轍對《詩經》分章也提出新說。如《載馳》一篇，《毛》《鄭》分為五章，一章六句，二章章四句，一章六句，一章八句。蘇轍引用《左傳》襄公十九年穆叔見叔向賦《載馳》四章，用「控於大邦」以下二句，於是改而分其為四章。以後朱熹《詩集傳》也分為四章，二章章六句，二章章八句，而日本學者白川靜認為《左傳》所載賦詩故事是否原本存在值得懷疑，故不取蘇轍之說，而從詩的形式上看將其分為六章，一章六句，以下兩章四句[三]。這些都出於對原詩的不同理解。

最後，謹向同意影印出版此刻本的日本京都大學圖書館致以誠摯的謝意。

〔一〕〔日〕白川靜著：《白川靜著作集》第九卷，東京：平凡社，二〇〇〇年，二六一——二六二頁。

〔二〕〔日〕白川靜著：《白川靜著作集》第十卷，東京：平凡社，二〇〇〇年，二七頁。

〔三〕〔日〕白川靜著：《白川靜著作集》第十卷，東京：平凡社，二〇〇二年，二三二頁。

參考文獻

歐陽修撰，劉心明、楊化榮校點；蘇轍撰，王承略、馬小方校點；朱熹撰，朱傑人校點《詩本義　詩集傳　詩集傳》，北京：北京大學出版社，二〇〇八年。

蘇轍撰、高秀芳點校《蘇轍集》，北京：中華書局，二〇〇四年。

蘇轍撰《詩集傳》，北京：書目文獻出版社，一九九〇年。

李冬梅著《蘇轍〈詩集傳〉新探》，四川：四川大學出版社，二〇〇六年。

郝桂敏著《宋代〈詩經〉文獻研究》，北京：中國社會科學出版社，二〇〇六年。

李致忠著《北京圖書館入藏宋刻本蘇轍〈詩集傳〉》，《文獻》，一九九〇年第二期，一七五——一八三頁。

殷夢霞著《蘇轍〈詩集傳〉孤本影印出版》，《文獻》，一九九一年第一期。

王彩梅、馮瑞珍著《從蘇轍〈詩集傳〉看其『人情說』》，《名作欣賞》二〇一一年第十七期。

李冬梅著《蘇轍〈詩集傳〉的成書及版本考》，《樂山師範學院學報》，二〇〇二年第二期。

向熹著《蘇轍和他的〈詩集傳〉》，《樂山師範學院學報》，二〇〇三年。

于昕著《蘇轍〈詩集傳〉攻〈序〉的內容和特點》，《第四屆詩經國際學術研討會論文集》，北京：學苑出版社，二〇〇〇年七月，三四八——三六三頁。

郝桂敏著《蘇轍〈詩集傳〉對〈小序〉的取舍及原因》，《時代文學》（理論學術版），二〇〇七年第五期。

吳叔樺著《蘇轍學術思想研究》，臺北：萬卷樓圖書，二〇〇七年。

吳叔樺著《蘇轍學術思想研究》，臺北：萬卷樓圖書，二〇〇七年。

吳叔樺著《蘇轍史論散文研究》，臺北：萬卷樓圖書，二〇〇七年。

陳正雄著《蘇轍學術思想述評》，臺北：文史哲出版社，二〇〇〇年。

馮寶志著《宋代詩經學概論》，《古籍整理與研究》，一九八六年第一期。

汪惠敏著《宋代經學之研究》，臺北：師大書苑有限公司，一九八九年。

程元敏著《兩宋之反對詩序運動及其影響》，《中山學術文化集刊》二集，一九六八年。

陳正雄著《蘇轍及其政論與文論》，臺北：文史哲出版社，二〇一〇年。

馮浩菲著《歷代詩經論說述評》，北京：中華書局，二〇〇三年。

沈德潛評、〔日〕星川清孝著《唐宋八大家文讀本》，東京：明治書院，一九七六年。

蘇轍撰、茅坤批評《宋大家蘇文定公文鈔》，東京：松山堂書店，一九〇九年。

〔清〕沈德潛評點《唐宋八大家讀本》，東京：田中太右衛門，一八八五年。

〔清〕高梅亭增評、〔日〕石川鴻齋校注《纂評精注唐宋八大家文讀本》，東京：鳳文館本鋪、鳳文館支鋪，一八八五年。

〔日〕湯淺幸孫解說《兩蘇經解》，京都大學漢籍善本叢書，京都：同朋舍，一九八〇年。

〔日〕竹添光鴻著，王曉平解說《毛詩會箋》，南京：鳳凰出版集團，二〇一二年。

〔日〕種村和史著《穩やかの内実——北宋詩経学史における蘇轍〈詩集伝〉の位置——その一》，宋代詩文研究會編《橄欖》第四號，二〇〇七年。

〔日〕種村和史著《穩やかの内実——北宋詩経学史における蘇轍〈詩集伝〉の位置——その二 王安石詩経新義との関係》，横浜：慶応義塾大學商學部創立五十週年紀念日吉論文集，二〇〇七年，二四一——二五八頁。

〔日〕種村和史著《穩やかの内実——北宋詩経学史における蘇轍〈詩集伝〉の位置——その三 小序および漢唐の詩経学に対する認識》補訂，慶応義塾大學日吉紀要，中國研究，二〇〇八年。

〔日〕小宮作甫著《宋代詩経学——特に廃毛詩序論》，東京：東京帝國大學文學部支那哲文學科卒業論文，一九三四年。

〔日〕江口尚純著《蘇轍の詩経學》，静岡大學教育學部研究報告人文社會科學編第四四號，一九九四年三月。

周南

文王之風謂之周南召南何也文王之治周也所以
爲其國者屬之周公所以交於諸侯者屬之召公詩
曰昔先王受命有如召公曰辟國百里言其治外也
故凡詩言周之內治由內而及外者謂之周公之詩
其言諸侯被周之澤而漸於善者謂之召公之詩其
風皆出於文王而有內外之異內得之深外得之淺
故召南之詩不如周南之深周南稱后妃而召南稱
夫人召南有召公之詩而周南無周公之詩夫文王

受命稱王則大姒固稱后妃而諸侯之妻固稱夫人

周公在內近於文王雖有德而不見則其詩不作召

公在外遠於文王功業明著則詩作於下此理之最

明者也然則謂之周召者蓋因其職而名之也謂之

南者文王在西而化行於南方以其及之者言之也

東北則紂之所在文王之初所不能及也毛詩之敘

曰關雎麟趾之化王者之風也故繫之周公鵲巢騶

虞之德諸侯之風也先王之所以敎繫之召公然則

二南皆出於先王其深淺厚薄二公無與而強以名

之可乎

國風

孔子編詩列十五國先後之次二南之爲首正風也

邶鄘衞王鄭齊魏唐之相次亡之先後也秦之列

於八國之後後是八國而亡也陳之後秦將亡之國

也檜曹之後陳巳亡之國也豳之列於十四國之後

非十四國之類也嘗試考其世次而論其亡之先後

後亡者詩之所先而先亡者詩之所後也魏唐晉也

諸侯之亡者莫先於晉周安王之十六年而田氏滅

齊二十六年而韓魏趙滅晉齊之亡也先晉十年而

齊詩先晉何也晉之失國自定公始自定公以來者

韓魏趙之晉也齊之失國自平公始自平公以來者
田氏之齊也定公之立先平公三十年矣孔子自其
失國之君而以為亡焉故諸侯之先亡者晉其次齊
也鄭之亡也當安王之子烈王之元年則齊晉之亡
也久矣周之亡也盡於烈王之曾孫王赧之五十九
年則鄭之亡也亦久矣衛之亡也當秦始皇帝之二
十七年則周之亡也亦久矣後亡者常先亡最後亡
而列於八國之後以為非特後之而又兼八國而有
之也春秋書諸侯之會王之大夫必列於上王之世
子必列於後秦之所以後於八國者猶王世子之後

諸侯也蓋以爲興焉耳陳之亡也當周敬王之四十
一年孔子卒之歲而陳亡然則孔子之編詩也陳將
亡矣知其將亡而不以列於未亡之國蓋以亡國視
焉此陳之所以後秦也檜之亡也當周幽王之世鄭
桓公滅之曹之亡也當周敬王之三十三年宋景公
滅之檜先而曹後因其亡之先後焉以
爲已亡矣無所事先而知其後亡也此檜之所以後
陳而曹之所以後檜也嗚呼數十百年之間國之存
亡孔子預知之讀其詩聽其聲觀其國之厚薄三者
具而以斷焉是故可以先焉而無疑也艮醫之視人

也察其脉而知其人之終身疾痛壽夭之數其不知

者以爲妄言也其知者以爲猶視其面顔也夫國之

有詩猶人之有脉也其長短緩急之候於是焉在矣

邶鄘者衛之所滅也魏者晉之所滅檜者鄭之所滅

也檜詩不爲鄭而邶鄘爲衛魏爲晉何也邶鄘魏之

詩作於旣滅其詩之所爲作者衛晉也是以列邶鄘

魏於前而以衛晉終之雖王衛晉而其風不同故邶

鄘魏不可沒也邶鄘之詩學者以爲衛矣何也敘以

衛也而魏詩不爲晉何也敘不以晉也雖不以晉亦

不以魏然則是不舉其國耳凡敘之不舉其國者文

之所不及也以其不及而廢其爲晉則學者之陋矣
汾沮洳之三章而三稱晉官焉非晉而何季子觀樂
於魯至於歌魏曰渢渢乎大而婉儉而易行以德輔
此則盟主也夫亡國之詩而季子言之若此乎蓋以
爲晉矣非亡國之詩也至於檜風檜之未亡而作矣
鄶之非十四國之類何也此周公與周大夫之所作
也蓋以爲幽耳非幽人之詩也非幽人之詩而言幽
之風故繫之幽雖繫之幽而非幽人之詩故不列於
諸國而處之其下此風之特異者也以其特異而別
之亦理之當然也季子之觀樂也既歌齊而繼之以

幽秦魏唐何也曰孔子之未編詩也太師次之以幽

爲秦之有也而繫之秦以秦晉之強相若也而不能

決其長短意天下之諸侯將歸於此二國至孔子而

後定蓋非太師之所能知也

關雎后妃之德也

孔子之敘書也舉其所爲作書之故其贊易也發其

可以推易之端未嘗詳言之也非不能詳以爲詳之

則隘是以常舉其略以待學者自推之故其言曰仁

者見之謂之仁智者見之謂之智夫唯不詳故學者

有以推而自得之今毛詩之敘何其詳之甚也世傳

以為出於子夏予竊疑之子夏嘗言詩於仲尼仲尼
稱之故後世之為詩者附之要之豈必子夏為之其
亦出於孔子或弟子之知詩者歟然其誠出於孔氏
也則不若是詳矣孔子刪詩而取三百五篇今其亡
者六焉詩之敘未嘗詳也詩之亡者經師不得見矣
雖欲詳之而無由其存者將以解之故從而附益之
以自信其說是以其言時有反覆煩重類非一人之
詞者凡此皆毛氏之學而衞宏之所集錄也東漢儒
林傳曰衞宏從謝曼卿受學作毛詩敘善得風雅之
旨至今傳於世隋經籍志曰先儒相承謂毛詩敘子

夏所創毛公及衞敬仲又加潤益古說本如此故于

存其一言而已曰是詩言是事也而盡去其餘獨采

其可者見於今傳其尤不可者皆明著其失以爲此

孔氏之舊也

關關雎鳩在河之洲窈窕淑女君子好逑

關關和聲也雎鳩王雎鳥之摰者也物之摰者不淫

水中可居者曰洲在河之洲言未用也逑匹也言女

子在家有和德而無淫僻之行可以配君子也

參差荇菜左右流之窈窕淑女寤寐求之求之不得寤

寐思服悠哉悠哉輾轉反側

荇接余也左右助也流求也服事也后妃將取荇菜

以共宗廟必有助而求之者是以寤寐不忘以求淑

女將與共事也

參差荇菜左右采之窈窕淑女琴瑟友之參差荇菜左

右芼之窈窕淑女鍾鼓樂之

芼擇也求得而采采得而芼先後之敘也凡詩之敘

類此窈窕淑女不可得也苟其得之則將友之以琴

瑟樂之以鍾鼓琴瑟在堂鍾鼓在廷以此待之庶其

肯從我也此求之至也

關雎三章一章章四句二章章八句

葛覃后妃之本也

葛之覃兮施于中谷維葉萋萋黃鳥于飛集于灌木其

鳴喈喈

葛者婦人之所有事也方葛之盛時黃鳥出於谷而

集于木鳴喈喈矣詠歌其所有事而又及其所聞見

言其樂從事於此也覃延也萋萋茂盛貌也黃鳥搏

黍也灌木叢木也喈喈和聲也或曰黃鳥之集于灌

木猶婦女有嫁于君子之道也言女子在家習為婦

功既成則可以適人矣

葛之覃兮施于中谷維葉莫莫是刈是濩為絺為綌服

之無斁

莫莫成就貌也濩煑之也精曰絺麤曰綌斁厭也

寧父母

言告師氏言告言歸薄汙我私薄澣我衣害澣害否歸

言辭也春秋傳曰言歸于好師女師也婦人謂嫁曰
歸言其告教於師氏也則告之以適人之道矣薄亦
辭也汙煩撋之也澣濯之也私燕服也衣禮服也此
女師所以告之之言也害澣害否云者言常自潔清
以事君子也常自潔清以事君子則可以歸寧父母
矣

日藏詩經古寫本刻本彙編

卷耳后妃之志也

葛覃三章章六句

婦人知勉其君子求賢以自助有其志可耳若夫求
賢審官則君子之事也

采采卷耳不盈頃筐嗟我懷人寘彼周行

采采卷耳不巳之辭也卷耳苓耳也頃筐畚屬也卷耳易
得之物頃筐易盈之器而不盈焉則志不在卷耳也
今將求賢寘之列位而志不在亦不可得也

陟彼崔嵬我馬虺隤我姑酌彼金罍維以不永懷

崔嵬土山之戴石者也虺隤病也姑且也將陟險而

馬病不求良馬以任之徒酌酒以自慰不以為深憂

也則終不免矣譬如為國之難知小人之不足任而

不求賢以自助亦無以濟也

陟彼高岡我馬玄黃我姑酌彼兕觥維以不永傷

此章意不盡申殷勤也凡詩之重復類此山巻曰岡

玄馬病則黃兕觥角爵所以為罰也

陟彼砠矣我馬瘏矣我僕痡矣云何吁矣

石山戴土曰砠痡痛皆病也馬病而不知擇至於人

又病也則無及矣亦吁嗟而已

卷耳四章章四句

樛木后妃逮下也

南有樛木葛藟纍之樂只君子福履綏之

術下曲曰樛木以樛故葛藟得纍之而上后妃以逮
下故眾妾得敘進於君子室家既和故其君子無所
憂患而能安履其福祿苟其不和雖有福祿而不能
安也

南有樛木葛藟荒之樂只君子福履將之

荒奄也將大也

南有樛木葛藟縈之樂只君子福履成之

縈旋也成就也

樛木三章章四句

螽斯后妃子孫衆多也

螽斯羽詵詵兮宜爾子孫振振兮

螽斯蚣蝑也不妬而多子一生八十一子詵詵衆多也振振仁厚也言后妃子孫衆多如螽斯也

螽斯羽薨薨兮宜爾子孫繩繩兮

薨薨群飛聲也繩繩戒愼也

螽斯羽揖揖兮宜爾子孫蟄蟄兮

揖揖會聚也蟄蟄和集也

螽斯三章章四句

桃天后妃之所致也

桃之夭夭灼灼其華之子于歸宜其室家

夭夭少壯也灼灼盛也婦人甚少而盛不以色驕其

君子而以宜其室家此后妃之德所致也

桃之夭夭有蕡其實之子于歸宜其家室

蕡大貌也

桃之夭夭其葉蓁蓁之子于歸宜其家人

始言其華中言其實終言其葉言其容德皆盛也

桃夭三章章四句

兔罝后妃之化也

肅肅兔罝椓之丁丁赳赳武夫公侯干城

肅肅敬也兔罝兔罝也丁丁椓杙聲也干盾也罝兔

之人野之鄙人也野之鄙人禮之所不及也禮之所

不及者其心無所不易人而無所不易則其於妻妾

也無所復敬矣今婦人能以禮自將敬而不可慢故

其夫雖罝兔之鄙人而猶知敬之夫人知其妻妾

則無所不敬是以至於椓杙而猶肅肅也赳赳有力

之貌也罝兔之人則赳赳之武夫也世未嘗患無武

夫獨患其不知敬而不可近今武而知敬故可以為

公侯干城也桃夭言后妃能使婦人不以色驕其夫

而兔罝言其能使婦人以禮克君子之慢故桃夭曰

致而兔罝曰化夫致者可以直致而化者其功遠矣

蕭蕭兔罝施于中逵赳赳武夫公侯好仇

仇匹也

蕭蕭兔罝施于中林赳赳武夫公侯腹心

丁丁人之所聞也中逵人之所見也中林聞見之所

不及也非人之所聞見而猶蕭蕭則其敬也至矣

兔罝三章章四句

采采茉苢薄言采之采采茉苢薄言有之

茉苢后妃之美也

芣苢馬舃馬舃車前也宜懷姙焉爲室家和平故婦人

皆樂有子是以采之不厭也有藏也

采采芣苢薄言掇之采采芣苢薄言将之

掇拾也袺取也

采采芣苢薄言袺之采采芣苢薄言襭之

袺執袺也襭扱袺也

芣苢三章章四句

漢廣德廣所及也

南有喬木不可休息漢有游女不可求思漢之廣矣不

可泳思江之永矣不可方思

潛行曰泳方泭也思辭也文王之化行於南國雖江

漢之游女皆有廉潔之行不可犯以非禮譬如乔木

不可就以休息江漢不可得而方泳也

翹翹錯薪言刈其楚之子于歸言秣其馬漢之廣矣不

可泳思江之永矣不可方思

此知女子之不可犯而思以禮道之之辭也楚薪之

尤翹翹者也取薪之尤翹翹者以言欲取女之尤高

潔者也然猶不敢斥言取之故曰於是子之嫁也我

當秣其馬以示有意焉耳

翹翹錯薪言刈其蔞之子于歸言秣其駒漢之廣矣不

可泳思江之永矣不可方思

蔞草之尤翹翹者也

漢廣三章章八句

汝墳道化行也

遵彼汝墳伐其條枚未見君子惄如調飢

墳大防也枝曰條幹曰枚惄飢意也調朝也是時紂

猶在上君子又役于外故婦人遵汝而伐薪勞苦而

念其君子也

遵彼汝墳伐其條肆既見君子不我遐棄

斬而復生曰肆

魴魚赬尾王室如燬雖則如燬父母孔邇

魚勞則尾赤文王三分天下有其二以事紂周德雖

廣而紂之虐如將焚焉民之被其害者如魚之勞於

水也然而有文王以為之父母可以無父病矣雖婦

人而知文王之可歸此所謂道化行也

汝墳三章章四句

麟之趾關雎之應也

麟之趾振振公子吁嗟麟兮

麟仁獸也其於仁也非有意為之其資之也天矣關

雎之時人君與其后妃皆賢故其生子無不賢者夫

公子之賢非其身則為之父母之所以資之者遠矣

是以信厚振振而不自知循麟之於仁也毛詩之敘

曰關雎之化行則天下無犯非禮雖衰世之公子皆

信厚如麟趾之時夫關雎之化行則公子信厚公子

之信厚如麟之仁此所謂應矣未嘗言其時也捨麟

之德而言其時過矣

麟之定振振公姓吁嗟麟兮

定額也

麟之角振振公族吁嗟麟兮

麟之趾三章章三句

召南　　　國風

鵲巢　夫人之德也

維鵲有巢維鳩居之之子于歸百兩御之

鳩性拙不能自為巢而居鵲之成巢國君積行累功
以致爵位夫人起家而居有之如鳩之託鵲巢非有
德誰能安之毛詩之敘以鳩為鳲鳩言夫人如鳲鳩
之均一乃可以配焉說雖無害而鳩非鳲鳩也百兩
百乘也御迎也諸侯之子嫁於諸侯送迎皆百乘

維鵲有巢維鳩方之之子于歸百兩將之

方據也將送也

維鵲有巢維鳩盈之之子于歸百兩成之

鵲巢三章章四句

采蘩夫人不失職也

于以采蘩于沼于沚于以用之公侯之事

蘩皤蒿也沼池也沚渚也公侯之夫人執蘩菜以助

祭

于以采蘩于澗之中于以用之公侯之宮

宮廟也

被之僮僮夙夜在公被之祁祁薄言還歸

被首飾也僮僮竦敬也祁祁舒遲也公事也其在宗

廟之事則姝敬其還歸則詩邅言各獲其宜也

采蘩二章章四句

草蟲大夫妻能以禮自防也

嘤嘤草蟲趯趯阜螽未見君子憂心忡忡亦既見止亦

既覯止我心則降

草蟲常羊也阜螽蠜也二者皆螽類覯以禮遇也草

蟲鳴則阜螽躍而從之婦人之於君子猶二物之相

從其性然矣然其未見也常自憂不得見君子故每

以禮自防至於既見而後心降也

陟彼南山言采其蕨未見君子憂心惙惙亦既見止亦

既覯止我心則說

蕨蘩也陟南山而采蕨薑豈有不得者乎然而常憂不

得也婦人之從君子亦豈有不見禮者乎然而常憂

不見禮也憂不見禮而後乃見禮矣

陟彼南山言采其薇未見君子我心傷悲亦既見止亦

既覯止我心則夷

薇山菜也夷平也

于以采蘋南澗之濱于以采藻于彼行潦于以盛之維

采蘋大夫妻能循法度也

草蟲三章章七句

筐及筥于以湘之維錡及釜于以奠之宗室牖下誰其

尸之有齊季女

蘋大薢也藻聚藻也方曰筐圓曰筥湘烹也錡釜屬
也宗室大宗之廟也此所謂教成之祭也記曰婦人
先嫁三月祖廟未毀教于公宮祖廟既毀教于宗室
教成之祭牲用魚芼用蘋藻寘於牖下何也戶牖之
間也昏禮納采問名納吉納徵請期主人皆筵於廟
中戶西西上右几以爲女子外成者也祭禮主婦設
羹今使季女設焉所以成其婦禮也幼而習之既嫁
而奉祭祀則終身行之此所謂能循法度也

甘棠美召伯也

甘棠言美召伯江有汜言美勝何彼襛矣言美王姬

魚麗言美萬物盛多皇矣言美周或言正詩不言美

因各爲此五詩之說夫五詩言美則正詩未嘗不言

美矣未嘗不言而爲不言之說此皆近世之浮說也

蔽芾甘棠勿翦勿伐召伯所茇

蔽芾小貌也甘棠杜也茇草舍也召公巡行邦國重

煩勞百姓蔽棠而舍國人思之而愛其棠不忍伐也

召公之爲牧伯武王之世矣而詩稱召伯思者人辭

蔽芾甘棠勿翦勿敗召伯所憩蔽芾甘棠勿翦勿拜召

伯所說

拜拔也說舍也

甘棠三章章三句

行露召伯聽訟也

厭浥行露豈不夙夜謂行多露誰謂雀無角何以穿我

屋誰謂女無家何以速我獄雖速我獄室家不足誰謂

鼠無牙何以穿我墉誰謂女無家何以速我訟雖速我

訟亦不女從

也

厭浥濕意也行道也速召也二南當文王與紂之世

淫風之被天下如露之濡物召南之女被文王之化

能以禮自保故其稱曰行者未嘗不欲夙夜也謂道

之多露是以不敢女子未嘗不欲從人也謂世之多

強暴是以不可女子之所以自保如此然猶不免強

暴之獄故其自辨曰謂雀之無角信矣今而穿屋則

雀有角矣謂鼠之無牙信矣今而穿墉則鼠有牙矣

謂強暴之無室家之道信矣今而召我以獄則彊暴

亦有室家之道矣雖召我獄然而知其室家之道不

足而終不之從者召公明於聽訟也

行露三章一章章三句二章章六句

羔羊鵲巢之功致也

毛詩之敘曰召南之國化文王之政在位皆節儉正

直德如羔羊夫君子之愛其人則樂道其車服是以

詩言羔羊之皮而已非言其德也言其德則過矣

羔羊之皮素絲五紽退食自公委蛇委蛇

古者大夫羔裘以居素絲以英裘紽組絲以飾縫也

皆婦人所爲實功也委蛇自得之貌也言召南之大

夫服其羔裘自公而退食於私家無所不自得也夫

君子能治其外而內無良妻妾以和其室家雖欲委

蛇而不可得也此所以為鵲巢之功致也

羔羊之革素絲五緎委蛇委蛇自公退食羔羊之縫素

絲五緫委蛇委蛇退食自公

緎緫皆縫飾也

羔羊三章章四句

殷其靁勸以義也

殷其靁在南山之陽何斯違斯莫敢或遑振振君子歸

哉歸哉

雷聲隱然在南山之陽耳然而不可得見召南之君

子遠行從政其室家思一見之而不得如是雷也故

日何哉吾君子去此而從事於四方不敢安也既而

知其義不得歸也則曰振振君子歸哉歸哉言不可

歸也

殷其靁在南山之側何斯違斯莫敢遑息振振君子歸

哉歸哉殷其靁在南山之下何斯違斯莫或遑處振振

君子歸哉歸哉

殷其靁三章章六句

摽有梅男女及時也

摽有梅其實七兮求我庶士迨其吉兮摽有梅其實三

兮求我庶士迨其今兮摽有梅頃筐墍之求我庶士迨

其謂之

摽落也墜取也盛極則落者梅也女子之盛時猶是

梅也方其七存也迫其吉而後嫁焉可也及其三也

及今焉嫁之可也失今則過矣及其既盡頃筐而取

之也謂之娶則嫁之矣七而擇其吉三而及其今盡

而聽其謂此所以各及其時也凡詩每章有先後深

淺之興如此詩及中谷有蓷晉無衣之類固自有說

若樛木螽斯之類皆意不盡申殷勤而已欲強求其

說則迂雜而不當矣

摽有梅三章章四句

泉澗先生詩集傳　卷一

小星惠及下也

嘒彼小星三五在東肅肅宵征夙夜在公寔命不同

嘒微貌也三心也五嚖也正月嚖在東方三月心在

東方命禮命也諸妾從夫人以次敘進御於君所猶

小星之從心嘒也肅肅宵征夙夜在公寔命不同云

者妾自謂卑賤不敢與夫人齒之辭也

嘒彼小星維參與昴肅肅宵征抱衾與裯寔命不猶

裯帳也猶若也

小星二章章五句

江有汜美媵也

江有汜之子歸不我以不我以其後也悔

水決復入爲汜江則有汜嫡則有媵而之子之不我

以何哉其後則必悔矣蓋不敢怨而媵其悔耳夫不

敢怨者悔之道也故小星欲求衆妾之不敢齒我而

不以貴賤臨之蓋使之得進御於君而妾不敢與我

齒矣江有汜欲求嫡之悔過而不以怨言犯之蓋事

之不失而嫡自悔矣此則善原人情也

江有渚之子歸不我與不我與其後也處

水岐成渚處止也

江有沱之子歸不我過不我過其嘯也歌

書曰岷山導江東別爲沱嶓歌以言其不怒也

江有汜三章章五句

野有死麕惡無禮也

野有死麕白茅包之有女懷春吉士誘之

誘道也野有死麕有欲用之猶以白茅包之而後行

今有女於此思以春適人亦必得吉士以禮道之而

後可疾時不然也古者昏禮以歲之隙自冬及春皆

其時也孫卿子曰霜降逆女氷泮殺內

林有樸樕野有死鹿白茅純束有女如玉

樸樕小木也將取樸樕死鹿以爲用猶知以白茅純

束而取之況有女如玉而可不以禮成之哉

舒而脫脫兮無感我悅兮無使厖也吠

脫脫舒遲也悅佩巾也厖狗也奔走失節則佩悅動

非禮相凌則狗吠

野有死麕三章二章章四句一章章三句

何彼襛矣美王姬也

漢儒之言詩者曰王道襄詩人本之袵席關雎作仁

義陵遲鹿鳴刺焉而近世學者又因此詩稱平王齊

侯則遂以二南爲東周之詩無疑矣予讀儀禮觀其

燕饗之樂風雅之正詩無不咸在蓋關雎鹿鳴之作

也久矣非復褒世之詩也夫平王者周之先王豈文
王歟譬如商人謂湯武王蓋亦當時一號也至於齊
侯則武王之世太公望得稱齊侯矣且周頌之言成
康猶不得為成康子孫之詩而此詩獨不得為文王
之詩哉

何彼襛矣唐棣之華曷不肅雝王姬之車
襛猶戎也唐棣栘也王姬之美盛若是華也肅敬
也雖和也人之見王姬之車者則相告曰曷不肅雝
乎此王姬之車也人之見其車者猶知肅雝則王姬
之敬也至矣

何彼襛矣華如桃李平王之孫齊侯之子其釣維何維

絲伊緡齊侯之子平王之孫

魚之深釣而得之者由絲緡也王姬之貴娶而得之

者由禮也

何彼襛矣三章章四句

騶虞鵲巢之應也

彼茁者葭一發五豝吁嗟乎騶虞

苗出也葭蘆也豕牝曰豝人君雖有恭儉之志而室

家不聽則殆不行今召南之夫人能順其君子無所

不敬雖葭之微於其生也而有不傷之意焉故能使

物無不蕃者於君之射也一發而虞人翼五豝以待
之此蕃之至也然猶不敢盡取之一發而已故曰吁
嗟乎騶虞騶虞仁獸言仁如騶虞也此所以為鵲巢
之應矣

彼茁者蓬一發五豵吁嗟乎騶虞

豕生三日曰豵

騶虞二章章三句

邶

國風

邶鄘衛本紂之畿內其地在禹貢冀州太行之東北
逾衡漳東及兖州桑土之野武王克商以封紂子武
庚使管叔蔡叔霍叔監之謂之三監及成王殺三
監與武庚叛周公伐而誅之患商人之思舊而好亂
也於是改封微子於宋以奉商後而以其餘民封康
叔於衛以邶鄘封他諸侯其後衛人并邶鄘而有之
頃公之世變風既作而邶鄘衛皆自有詩各以其地

名之

柏舟言仁而不遇也

毛詩之敘曰此衞頃公之詩也變風之作而至於漢

其間遠矣儒者之傳詩容有不知其世者矣然猶欲

必知焉故從而加之其出於毛氏者其傳之也其出

於鄭氏者其意之也傳之猶可信也意之踈矣是以

獨載毛氏之說不敢傳疑也

汎彼柏舟亦汎其流耿耿不寐如有隱憂微我無酒以

敖以遊

有仁人而不用譬猶以柏爲舟而不以載使與衆物

皆汎於流而已

我心匪鑒不可以茹亦有兄弟不可以據薄言往愬逢

彼之怒

茹入也逢迎也鑒之於人美惡無所不受惟擇其可

而後受故雖兄弟而有不據也愬不仁必於仁人今

愬之於不仁此愬所以為迎其怒也蓋朝無善人矣

我心匪石不可轉也我心匪席不可卷也威儀棣棣不

不可選也

石雖堅尚可轉席雖平尚可卷言我心之堅平過於

石席也棣棣富而間習也選擇也小人之惡君子曰

何為斯踽踽涼涼然君子不以其故自改也此所謂

不可轉與不可卷也

憂心悄悄慍于羣小覯閔既多受侮不少靜言思之寤

辟有標

閔病也辟拊心也標舉手貌也

日居月諸胡迭而微心之憂矣如匪澣衣靜言思之不

能奮飛

月當微耳日則否豈有日月更代而微者歟君子與

小人常迭相勝然而小人而不得其志者常也君子

而不遂如日而微耳是以憂之不去於心如衣垢之

不澣不忘濯也憂患既深思奮飛以避之而不能矣

柏舟五章章六句

綠衣衛莊姜傷巳也

綠兮衣兮綠衣黃裏心之憂矣曷維其巳

綠間色黃正色以綠爲衣而黃爲裏言妾上僭而夫

人失位也莊姜齊女美而無子莊公之嬖人生子州

吁母嬖而州吁驕故云

綠兮衣兮綠衣黃裳心之憂矣曷維其亡綠兮絲兮女

所治兮我思古人俾無訧兮

訧過也治絲而綠之者汝也綠非所以爲衣既巳綠

之而又以爲衣則此我之所訧也古之人爲是上下

之分所以使人無所說耳

絺兮綌兮凄其以風我思古人實獲我心

以綠為衣或者不知其不可也若夫絺綌之薄而以

禦風其弊立見矣譬如小人而重任之涉患難而後

知其不可也古之人所以為是君子小人之辨者誠

得我心之所憂也

綠衣四章章四句

燕燕衛莊姜送歸妾也

莊姜無子陳女戴嬀生完莊姜以為己子莊公薨完

立而州吁弒之戴嬀於是大歸

燕燕于飛差池其羽之子于歸遠送于野瞻望弗及泣
涕如雨

燕燕鳦也春則來秋則去知有所避也燕將飛而差
池其羽猶戴嬀之將別而不忍也禮婦人送迎不出
門遠送至野情之所不能已也

燕燕于飛頡之頏之之子于歸遠于將之瞻望弗及佇
立以泣

將送也頡頏左右顧也

燕燕于飛下上其音之子于歸遠送于南瞻望弗及實
勞我心

仲氏任只其心塞淵終溫且惠淑慎其身先君之思以

勗寡人

仲戴嬀字也任大也塞實也淵深也

燕燕四章章六句

日月衞莊姜傷已也

日居月諸照臨下土乃如之人兮逝不古處胡能有定

寧不我顧

莊姜賢妃也莊公惑於嬖妾而不禮焉及完立而不

能終故其自傷日君夫人日月也奈何捨我而逝不

陳在衞南

復其故處乎雖然捨我而能有所定尚可也苟為無

定何用不顧我哉石碏之諫莊公曰將立州吁乃定

之矣若猶未也階之為亂莊公不從故及於禍此胡

能有定之謂歟

日居月諸下土是冒乃如之人兮逝不相好胡能有定

寧不我報日居月諸出自東方乃如之人兮德音無良

胡能有定俾也可忘

日始月盛皆出於東方俾也可忘徒使我可忘之而

已

日居月諸東方自出父兮母兮畜我不卒胡能有定報

我不述

畜養也呼父母而訴所怨也述循也

日月四章章六句

終風衛莊姜傷巳也

終風且暴顧我則笑謔浪笑敖中心是悼

終風終日之風也風霾噎雷皆以諭州吁之昏暴也

終風且霾惠然肯來莫往莫來悠悠我思

霾雨土也州吁往來皆不可常莊姜雖思之無益也

終風且曀不日有曀寤言不寐願言則嚏

曀陰也古有又通嚏或作疐路也寤而思之則不寐

願往從之則若有跲制而止之者言不欲往耳

瞳瞳其陰虺虺其靁霅言不寐願言則懷

懷安也安於其所不欲往也

終風四章章四句

擊鼓怨州吁也

擊鼓其鏜踊躍用兵土國城漕我獨南行

漕衛邑也南行伐鄭也莊公之世鄭人代衛州吁既

立將脩先君之怨於鄭而宋公子馮在焉鄭人將納

之故使告於宋與陳蔡共伐之是時民有爲土功於

國者有城漕者我獨南行伐鄭去國遠役爲最苦也

于嗟闊兮不我活兮于嗟洵兮不我信兮

故曰執子之手與子偕老

契闊勤苦也成說歷數之也然猶庶幾獲免於死亡

死生契闊與子成說執子之手與子偕老

敗計也軍行必依山林求之林下庶幾得之

何喪其馬乎若求我與馬當求之於林之下蓋預爲

民將征行與其室家訣別日是行也將於何居處於

爰居爰處爰喪其馬于以求之于林之下

孫子仲者公孫文仲伐鄭之師也

從孫子仲平陳與宋不我以歸憂心有忡

闊遠也洵信也不務活其民而貪遠略故曰于嗟闊

今不我活今告之以誠言而不吾用故曰于嗟洵兮

不我信兮

擊鼓五章章四句

凱風美孝子也

凱風自南吹彼棘心棘心夭夭母氏劬勞

衞之淫風流行雖有七子之母猶不能安其室子欲

止之而不忍言也故深自責而已凱風南風也棘難

長之木也風之吹棘心而至於夭夭也勞矣母之於

子其勞如是風也而不能使留焉則子之過也

凱風自南吹彼棘薪母氏聖善我無令人

棘薪言其成也

爰有寒泉在浚之下有子七人母氏勞苦

浚衞地其下有寒泉泉在浚下而浚蒙其澤我會此

泉之不若也

睍睆黃鳥載好其音有子七人莫慰母心

睍睆好貌也鳥猶能好其音以說人而我獨不能說

吾母哉

凱風四章章四句

雄雉刺衞宣公也

毛詩之敘曰宣公淫亂不恤國事軍旅數起大夫久

役男女怨曠夫此詩言宣公好用兵如雄雉之勇於

鬬故曰不忮不求何用不臧以爲軍旅數起大夫久

役是矣以爲幷刺其淫亂怨曠則此詩之所不言也

雄雉于飛泄泄其羽我之懷矣自貽伊阻

雄雉勇於鬬飛而鼓其翼泄泄然不顧也宣公之時

大夫久於征役以公爲猶雄雉耳故自答其懷於衛曰

我之懷矣自貽伊阻

雄雉于飛下上其音展矣君子實勞我心

展誠也思得信厚之君以事之而不可得故勞也

瞻彼日月悠悠我思道之云遠曷云能來

征役既久思歸而不得之辭也

百爾君子不知德行不忮不求何用不臧

忮害也宣公好富而多求國人苦之故告其君子曰

吾不知孰爲德行苟不忮害不貪求斯可矣何用之

不善哉

雄雉四章章四句

匏有苦葉刺衛宣公也

匏有苦葉濟有深涉深則厲淺則揭

匏有苦葉濟有深涉深則厲淺則揭

春秋傳曰苦匏不材於人供濟而已恃苦匏而涉深

濟未有不溺者也而況於無舩乎有人焉曰深則吾

厲淺則吾揭無不渡也則亦不畏不義不忌非禮之

人也宣公烝於夷姜而納伋之妻昏亂甚矣故云

有瀰濟盈有鷺雉鳴濟盈不濡軌雉鳴求其牡

鷺雉聲也軌軾前也飛曰雄走曰牝牡有瀰濟盈

而視之以不濡軌有鷺雉鳴而反求其牡衆之所謂

不可而不顧之辭也

雝雝鳴鴈旭日始旦士如歸妻迨氷未泮

雝雝鴈之和聲也納采用鴈旭日始旦大昕之時也

自納采至請期用昕親迎用昏氷之未泮昏姻之時

也宜公淫昏而國人化之故此章為陳昏禮之正也

招舟子人涉卬否人涉卬須我友

卬我也人皆輕涉而操舟者獨招招然不肯從言衛

人相率為亂而其君子猶待禮而後行不得其偶不

行也

匏有苦葉四章章四句

谷風刺夫婦失道也

習習谷風以陰以雨黽勉同心不宜有怒采葑采菲無

以下體德音莫違及爾同死

谷風東風也風行於陰雨而不廢其和夫婦黽勉同

心憂樂共之而何怒之有對須也菲芴也人不以其

下之不善而棄其上之可食譬如婦人德音不違而

足矣

行道遲遲中心有違不遠伊邇薄送我畿誰謂荼苦其

甘如薺宴爾新昏如兄如弟

畿門內也荼苦菜也行道而有所違者其行遲遲而

不忍去今君子之棄我曾不如是行道之人也其送

我止於畿而已故其心苦之而不知荼之苦也

涇以渭濁湜湜其沚宴爾新昏不我屑以

湜湜水見底也沚小渚也屑潔也涇水入渭渭清而

涇濁涇以渭故人謂之濁耳然其沚湜湜然上下如

一婦人自言脩潔如此奈何以新昏之故而遂不吾

潔也

母逝我梁母發我笱我躬不閱遑卹我後

梁笱皆所設以取魚逝人之梁而發人之笱因人之

成功之謂也新昏因舊室之成業不知其成之難則

將輕用之我雖見棄猶憂其後之不繼也故告而止

之既而曰我躬且不容何暇卹我後哉知告之無益

之辭也閟容也

就其深矣方之舟之就其淺矣泳之游之何有何亡黽

勉求之凡民有喪匍匐救之

此章言其深淺有無無所避者民之有喪猶將匍匐

救之況於事君子而有不盡乎

及爾顛覆既生既育比予于毒

不我能畜反以為讎既阻我德賈用不售昔育恐育鞠

鞠而不售育生也鞠窮也昔者生於恐懼鞠窮之中

畜養也夫婦之親而至為仇讎故雖平生之德義皆

及爾顛覆而不顧今亦既生育矣而比予于毒毒者

人之所棄惡也

我有旨蓄亦以御冬宴爾新昏以我御窮有洸有潰既

詒我肄不念昔者伊余來墍

肆美也蓄聚也洗洗武也潰潰怒也詒遺也肄勞也
墍息也蓄美菜者所以御冬月之無也今君子亦以
我御窮而已及其富樂則不我以不念昔者由我而
獲此安息也

谷風六章章八句

式微黎侯寓于衛其臣勸以歸也

黎今黎陽也

式微式微胡不歸微君之故胡為乎中露式微式微胡

不歸微君之躬胡為乎泥中

式試也狄人迫逐黎侯黎侯寓于衞衞不能納而不

歸其臣先之故曰君子之所以觀其人者於其微耳

是以試之於微而不可則止今君之寓於衞父矣而

衞不吾勤其不吾納者可見矣而胡爲父於其地乎

人非君之故之爲而胡爲父於其地乎中露泥中言

其暴露而無覆藉之者也

　　式微二章章四句

旄丘責衞伯也

衞侯曾時爲州伯故稱伯歟孔氏之敘詩也自爲一

書故式微旄丘之敘相因之辭也而毛氏之敘旄丘

則又曰狄人追逐黎侯黎侯寓于衛衛不能脩方伯

連率之職黎之臣子以責於衛其言與前相復非一

人之辭明矣

旄丘之葛兮何誕之節兮叔兮伯兮何多日也

前高曰旄丘誕闊也叔兮伯兮同姓之國此旄丘之

葛其節雖甚闊也然而無以其闊節而謂患不相及

苟斷其一節而百節廢矣譬如諸候雖與國而相為

蔽苟黎亡則衛及矣奈何久而不救哉

何其處也必有與也何其久也必有以也

夫豈無故而久處於衛哉以為與衛同患勢之所當

救也

狐裘蒙戎匪車不東叔兮伯兮靡所與同

蒙戎亂貌也久留於衞裘已弊矣非吾車不能渡河

以告東方之諸侯也以爲東方諸侯無與我同惡者

耳是以止於衞而不去蓋是時衞猶在河北黎衞壤

土相接故狄之爲患黎與衞共之

瑣兮尾兮流離之子叔兮伯兮褒如充耳

瑣小也尾末也流離梟也其子長大則食其母狄之

虐始於黎衞人以狄之微而不忌譬如流離之養其

子不知其將爲己患也然告之而不聽褒褒然如或

充其耳其後衛人遂有狄難

旄丘四章章四句

簡兮刺不用賢也

毛詩之敘曰衛之賢者仕於伶官皆可以承事王者

夫此詩言賢者不見用而思愬之天子故曰云誰之

思西方美人知周之不足愬故曰彼美人兮西方之

人兮毛詩既以西方美人為周而又以彼美人為衛

之賢者曰所謂西方之人者言其宜在王室也可乎

簡兮簡兮方將萬舞日之方中在前上處碩人俁俁

庭萬舞

簡擇也萬舞干舞也方且萬舞而勤於擇人言其盡

心於舞而不知其他也日中而舞未止言無慶也在

前上處居舞者之前列也俟俟壯大貌也俟俟之碩

人非所宜舞於中庭也

有力如虎執轡如組左手執籥右手秉翟赫如渥赭公

言錫爵

組織組也織組者總紕於此而成文於彼善御者執

轡於上而馬馳於下如織組也言有力而善御者可

以禦侮矣而使之執籥秉翟赫如渥赭卿大夫之容

也而錫之以一爵記曰祭有畀輝胞翟閽寺者惠下

之道也惠不過一散

山有榛隰有苓云誰之思西方美人兮西方之
人兮

榛栗屬苓大苦也山則宜有榛也隰則宜有苓也傷

碩人之不當其處也賢者仕於諸侯而不得志則思

愬之天子西方周之所在也周衰而天子不能正諸

侯雖復知其賢亦將無如之何矣故曰彼美人兮西

方之人兮言其不能及遠也

簡兮三章章六句

泉水衞女思歸也

凡詩皆繫於所作之國故木瓜雖美齊桓而在衛荷

嗟雖刺魯莊而在齊泉水載馳竹竿皆興國之詩而

在衛者以其聲衛聲歟記曰鄭音好濫淫志宋音燕

女溺志衛音促數煩志齊音傲辟驕志蓋諸國之音

未有同者衛國之女思衛而作詩其為衛音也固宜

毖彼泉水亦流于淇有懷于衛靡日不思變彼諸姬聊

猶莊舄之病而越吟人情之所必然也

與之謀

毖流貌也淇衛水也孌好貌也泉水出於他國而流

于淇女子嫁于異國父母終思歸寧而不得是以思

衞之諸姬將見而與之謀也夫思歸情之所當然也

不歸法之不得已也聖人不以不不得已之法而廢其

當然之情故閔而録之也

出宿于泲飲餞于禰女子有行遠父母兄弟問我諸姑

遂及伯姊

始有事於道者祖而舍軷因飲酒於其側曰餞禮畢

遂行宿於近郊泲禰所由適衞之道也書曰導沇水

東流爲濟入于河溢爲榮春秋傳衞及狄戰敗于榮

澤故濟水及衞衞女思歸而不獲故言其所由以歸

之道以致其思之至也既言其所由以歸之道則又

言其可以歸之義曰婦人有出嫁之道遠於其宗故

禮緣人情使得歸寧因以問其姑姊今曷為不得哉

出宿于干飲餞于言載脂載牽還車言邁遄遄臻于衞不

瑕有害

于言亦所由適衞之地也脂脂車也牽設牽也還車

還施其車而試之也遄疾也害何也言其至衞非有

瑕疵也而曷為不許哉

我思肥泉茲之永歎思須與漕我心悠悠駕言出遊以

寫我憂

所出同所歸興曰肥泉蓋以自況也須漕皆衞邑也

日藏詩經古寫本刻本彙編

知其不可是以出遊以寫其憂而已

泉水四章章六句

北門刺仕不得志也

出自北門憂心殷殷終窶且貧莫知我艱已焉哉天實
為之謂之何哉

若子仕於亂世如出自北門背明而向陰也仕而不
見用者君也而歸之天知命者之辭也

王事適我政事一埤益我我入自外室人交徧讁我已
焉哉天實為之謂之何哉

適之也埤厚也天子之政令既以適我國之政事復

幷以厚盆我已事而反則其處者爭求其瑕疵而譴

讁之言勞而不免於罪也謂之室人者在內而不事

事也

王事敦我政事一埤遺我我入自外室人交徧摧我已

爲哉天實爲之謂之何哉

敦敦迫也

北門三章章七句

北風刺虐也

北風其涼雨雪其雱惠而好我攜手同行其虛其邪既

亟只且

邪讀如徐北風而又雨雪其虐甚矣故其民苦之而
相告曰苟有惠而好我者與汝攜手同行而從之昔
之虛徐者今亦金為急刻之行矣尚曷為不行哉

北風其喈雨雪其霏惠而好我攜手同歸其虛其邪既
亟只且

喈疾貌霏甚貌

莫赤匪狐莫黑匪烏惠而好我攜手同車其虛其邪既
亟只且

未有赤而非狐黑而非烏者言其君臣為惡如一也

北風三章章六句

静女刺時也

静女其姝俟我於城隅愛而不見搔首踟蹰

静女刺時也衛君內無賢妃之助故衞之君子思得靜一之女既

有美色又能待我以禮者而進之於君思而不可得

是以踟蹰而求之城隅言高而不可逾也

静女其孌貽我彤管彤管有煒說懌女美

古者后夫人必有女史彤管之法以記過失且以次

敘羣妾之進御者煒赤貌也樂其有法而後說其美

也

自牧歸荑洵美且異匪女之為美美人之貽

泉源先生詩集傳　卷二

牧田官也黃蓍之始生者有蓋言宮中無復斯人矣故

願得幽閒處子而進之君也苟有以是女進者吾非

此女之美乃美其人之遺我者耳蓋求之至也

靜女三章章四句

新臺刺衛宣公也

新臺有泚河水瀰瀰燕婉之求籧篨不鮮

宣公納伋之妻作新臺于河上而要之國人疾之而

難言之故譏其臺之所在而已燕婉謂伋也籧篨不

能俯者天下之惡疾所以深惡宣公也泚鮮明貌也

燕安也婉順也鮮善也

新臺有洒河水浼浼燕婉之求籧篨不殄

洒高峻也浼浼絕也籧篨病而不死者也

魚網之設鴻則離之燕婉之求得此籧篨

將適世子而得宣公猶網魚而得鴻所得非所求也

籧篨不能仰者也

新臺三章章四句

二子乘舟思伋壽也

二子乘舟汎汎其景願言思子中心養養

宣公納伋之妻生壽及朔朔與其母愬伋於公公使

之於齊使盜先待於莘壽以告伋曰君命也不可

以去壽竊其節而先往盜殺之俶至曰乃我也又殺

之自衛適齊必涉河國人傷其往而不返汎汎然徒

見其景欲往救之而不可得是以思之養養然憂而

不知所定也

二子乘舟汎汎其逝願言思子不瑕有害

言二子若避害而去於義非有瑕疵也而曷爲不去

哉夫宣公將害伋伋不忍去而死之尚可也而壽之

死獨何哉無救於兄而重父之過君子以爲非義也

二子乘舟二章章四句

頴濱先生詩集傳卷第二

潁濱先生詩集傳卷第三

鄘　　國風

柏舟共姜自誓也

衞釐公之世子共伯餘立未踰年而死其妻守義父
母欲奪而嫁之故誓而不許

泛彼柏舟在彼中河髧彼兩髦實維我儀之死矢靡它
母也天只不諒人只

中河舟之所當在也婦人之在夫家猶舟之在河也
髧者髦至眉子事父母之飾也儀匹也之至也矢誓
也天父也

汎彼柏舟在彼河側髧彼兩髦實維我特之死矢靡慝

母也天只不諒人只

特匹也慝邪也

柏舟二章章七句

牆有茨衛人刺其上也

牆有茨不可埽也中冓之言不可道也所可道也言之
醜也

茨蒺藜也葍成也衞宣公卒惠公幼切其庶兄頑烝於
宣姜衞人疾之而莫能去譬如蒺藜之生於牆欲埽
去之恐其傷牆也

牆有茨不可襄也中冓之言不可詳也所可詳也言之

長也

襄除也

牆有茨不可束也中冓之言不可讀也所可讀也言之

辱也

牆有茨三章章六句

君子偕老刺衛夫人也

君子偕老副笄六珈委委佗佗如山如河象服是宜

子之不淑云如之何

副者后夫人之首飾編髮為之笄衡笄也珈笄飾也

象服者象物以為服盡褕翟闕翟也書曰予欲觀古

人之象能與君子偕老乃可以有副笄六珈委委佗

佗綏而有禮如山河之崇深乃可以有象服今宣姜

之不善將如是服何哉

魏今班今其之翟也鬒髮如雲不屑髢也玉之瑱也象

之揥也揚且之皙也胡然而天也胡然而帝也

班鮮盛貌也翟褕翟闕翟也鬒黑也髢髮也

瑱塞耳也揥所以摘髮也揚眉上廣也皙白也以是

盛服等女使如天帝然者非以女有德可以配君子

故耶嘆今無以受之也

瑳兮瑳兮其之展也蒙彼縐絺是紲袢也子之清揚

且之顏也展如之人今邦之媛也

瑳鮮白貌也展衣夫人以禮見君及賓客之盛服也

絺之靡者爲縐袢讀如絆暑服則加紲絆以自斂飭

清視清明也顏額角豐滿也展誠也媛美女也如是

人者可以爲邦之媛矣而不爲也

君子偕老三章一章七句一章九句一章八句

桑中刺奔也

爰采唐矣沬之鄉矣云誰之思美孟姜矣期我乎桑中

要我乎上宮送我乎淇之上矣

唐兔絲也託采唐以相誘也書曰明大命于沬邦蓋

紂都朝歌以北是也

爰采麥矣沬之北矣云誰之思美孟弋矣期我乎桑中

要我乎上宮送我乎淇之上矣爰采葑矣沬之東矣云

誰之思美孟庸矣期我乎桑中要我乎上宮送我乎淇

之上矣

姜弋庸皆著姓也刺無禮則稱孟言雖長而忘禮也

美有禮則稱季曰有齊季女言雖幼而知好禮也

桑中三章章七句

鶉之奔奔刺衛宣姜也

鶉之奔奔鵲之彊彊人之無良我以爲兄

奔奔彊彊皆有常匹相隨之貌言宣姜鶉鵲之不若
也兄則頑也

鶉之彊彊鵲之奔奔人之無良我以爲君

君小君也

鶉之奔奔二章章四句

定之方中美衞文公也

定之方中作于楚宮揆之以日作于楚室樹之榛栗椅
桐梓漆爰伐琴瑟

懿公爲狄所滅戴公渡河東徙以廬于漕一年而卒

齊桓公城楚丘以封文公文公大布之衣大帛之冠
始建城市而營宮室百姓說之而作此詩定營室也
營室中則十月中也於時可以營宮室矣楚宮楚丘
宮也揆之以日揆日之出入以知東西也椅梓屬木
揆日也種此六木於宮者曰後可以伐琴瑟也種木
者求用於十年之後其不求近功凡類此矣
升彼虛矣以望楚矣望楚與堂景山與京降觀于桑上
云其吉終焉允臧
堂亦衞邑也景山大山也京高丘也文公之將徙於
楚丘也升虛而望其高有陵阜可以屏蔽其國降觀

其下有桑土可以居民從而卜之而爲吉卜其終皆

然信善可居也

靈雨既零命彼倌人星言夙駕說于桑田匪直也人秉

心塞淵騋牝三千

靈善也倌人主駕者也文公勤於民事雨既止見星

而駕以行舍於桑田矣是以民說而稱之曰不直哉

是人也其心充實而淵深則宜其有騋牝三千也言

富強之業必深厚者爲之非輕揚淺薄者之所能致

耳馬七尺曰騋春秋傳文公元年革車三十乘季年

乃三百乘而此言三千者蓋其可用者三百乘而其

日藏詩經古寫本刻本彙編

牝牡則三千也世之學者曰衞武衞文鄭武泰襄之

風宣王之雅皆美之詩也然猶不免爲變詩何也曰

王澤之薄也又矣非是人之所能復也昔周之興也

積仁行義凡數百年其種之也深而畜之也厚矣至

於文武風俗純備是以其詩發而爲正詩自成康以

來周室不競至幽厲而大壞其敗亦數百年其畜之

也亦厚矣是以其詩不復其舊而謂之變夫自其正

而至于變其敗之也甚難其間必有幽厲大亂之君

爲之而後能自其變而復于正其反之也亦難亦必

有后稷公劉文武積累之勤而後能今夫五人者其

五 二

善之積未若其變之厚矣是以不免於變老者之所
以爲老爲其積衰也因其一日之安而以爲壯也可
乎其所由來者遠矣

定之方中三章章七句

蝃蝀止奔也

毛詩之叙曰衞文公之詩也

蝃蝀在東莫之敢指女子有行遠父母兄弟

蝃蝀虹也蝃蝀之雨暴雨也不待陰陽和而雨矣猶

女子之不待父母媒妁而行者也是以國人莫不惡

之指之猶且不敢而況爲之乎故告之曰女子生而

當行適人矣何患於不嫁而爲是非禮也

朝隮于西崇朝其雨女子有行遠兄弟父母

隮升也崇終也朝有升氣于西終其朝而雨至矣何

苦不俟而爲彼蝀蝀之暴雨也譬之女子之生至於

成人則自當行矣何至汲汲於非禮也

乃如之人也懷婚姻也大無信也不知命也

人苟知事之有命也則不爲不義安而竢之矣

蝀蝀三章章四句

相鼠刺無禮也

毛詩之叙曰文公之詩也文公能正其羣臣故刺在

位而無禮者

相鼠有皮人而無儀人而無儀不死何為

相視也視鼠之所以為鼠者豈以其無皮故邪亦有

皮而無禮耳人之所以為人者豈以其面亦以其禮

也苟無禮則亦鼠矣

相鼠有齒人而無止人而無止不死何俟

止容止也

相鼠有體人而無禮人而無禮胡不遄死

相鼠三章章四句

干旄美好善也

毛詩之叙曰衞文公之詩也

孑孑干旄在浚之郊素絲紕之良馬四之彼姝者子何
以畀之

凡旗皆注旄於干首古者招庶人以旃招士以旟招
大夫以旌干旄所以招之也素絲良馬所以贈之也
緃縫也四數也既有以招之又有以贈之故人思有
以畀之也

孑孑干旟在浚之都素絲組之良馬五之彼姝者子何
以予之

鳥隼曰旟組縫組也

孑孑干旌在浚之城素絲祝之良馬六之彼姝者子何

以告之

注旌而不設旐旛曰旌祝屬也

載馳許穆夫人作也

干旄三章章六句

列國之詩皆以世爲先後非如十五國風無先後大

小之次固當以世爲斷今載馳之一章曰言至干漕

戴公之詩也而列於文公之下王之兔爰桓王之詩

也而列於平王之上鄭之清人文公之詩也而列於

莊昭之間皆非孔氏之舊也蓋傳者失之矣

載馳載驅歸唁衛侯驅馬悠悠言至于漕大夫跋涉我

心則憂

衛侯許穆夫人之兄戴公也大夫許大夫之弔衛者

也草行曰跋水行曰涉夫人將歸唁其兄雖大夫

之往而不足以解憂也

既不我嘉不能旋反視爾不臧我思不遠

禮國君夫人父母在則歸寧父母沒則使大夫歸寧

於兄弟而夫人不行故許穆夫人思歸唁其兄而許

人以禮不許夫人以為禮施於無故而欲歸寧者耳

今衛國亡矣棄其社稷宗廟而廬於漕思歸唁之而

猶以此不許故曰不能旋反言其執一而不知變也

夫將欲止之必有已之之道今無以已之而欲其止

是以其心不肯忘遠衛也然要之夫人終亦不行則

知禮之不可越故也蓋為此詩以致其忠愛而已

既不我嘉不能旋濟視爾不臧我思不閟

閟閉也

陟彼阿丘言采其蝱女子善懷亦各有行許人尤之衆

稚且狂

偏高曰阿丘蝱貝母也行道也阿丘之物為不少矣

獨采其蝱而已然人無有尤之者以人各有所取也

今我之懷衞亦各有道矣要以不爲不善則已而獨

以是禮不許我何哉故曰其尤我者皆衆不更事之

人也不然則狂者耳

我行其野芃芃其麥控于大邦誰因誰極大夫君子無

我有尤百爾所思不如我所之

極至也夫人思歸行衞之野而觀其麥之有無問其

控告于大國誰因者誰至者許人雖尤之而其心不

已故告其君子曰無我有尤雖竭爾思慮以爲我謀

衞不如使我一往親見之也

載馳五章一章六句二章章四句一章六句一

章八句

或言四章一章三章章六句二章四章章八句
以春秋傳叔孫豹賦載馳之四章義取控于大
邦非今之四章故也

衞淇奧　　國風

淇奧美武公之德也

瞻彼淇奧綠竹猗猗有匪君子如切如磋如琢如磨瑟
兮僴兮赫兮咺兮有匪君子終不可諼兮

奧隈也猗猗盛也匪斐通有文之貌也瑟矜莊也僴
寬大也赫明也咺著也諼忘也淇之澤深矣然不可

東澗先生詩集傳　卷三

得而見所可見者其隈之綠竹也今淇上多竹君子

平居所以自脩者亦至矣如切如磋如琢如磨日夜

去惡遷善以求全其性然亦不可得而見也徒見其

見於外者瑟然僩然赫然喧然人之見之者皆不忍

忘也是以知其積諸內者厚也子貢問於孔子曰貧

而無諂富而無驕何如子曰可也未若貧而樂富而

好禮者也子貢曰詩云如切如磋如琢如磨其斯之

謂歟子曰賜也始可與言詩已矣告諸往而知來者

孔子告之以貧而樂富而好禮而子貢知其自切磋

琢磨得之此所謂告諸往而知來者如衞武公所謂

富而好禮者歟記曰富潤屋德潤身心廣體胖故君

子必誠其意詩云瞻彼淇奧綠竹猗猗

瞻彼淇奧綠竹青青有匪君子充耳琇瑩會弁如星瑟

兮僴兮赫兮咺兮有匪君子終不可諼兮

充耳瑱也琇瑩美石也弁皮弁也會弁之縫中也蓋

飾之以玉

瞻彼淇奧綠竹如簀有匪君子如金如錫如圭如璧寬

兮綽兮猗重較兮善戲謔兮不為虐兮

簀積也金錫圭璧言其既成也綽緩也較兩輢上出

軾者重較卿士之車也

考槃刺莊公也

淇奧三章章九句

考槃在澗碩人之寬獨寐寤言永矢弗諼考槃在阿碩
人之邁獨寐寤歌永矢弗過考槃在陸碩人之軸獨寐
寤宿永矢弗告

考成也槃樂也澗也阿也陸也皆非人之所樂也今
而成樂於是必有甚惡而不得已也寬也邁也軸也
皆磐桓不行從容自廣之謂也弗諼既往之戒不可
忘也弗過不可復往也弗告不可復諫也皆自誓以
不仕之辭也

碩人閟莊姜也

碩人其頎衣錦褧衣齊侯之子衞侯之妻東宮之妹邢
侯之姨譚公維私

此章言莊姜親戚之盛也頎長貌也國君夫人嫁以
翟衣衣錦者在塗之服也褧禪也衣錦而尚之以褧
惡其文之太著也莊姜齊世子得臣之妹也邢周公
之後也譚近齊後為齊桓公所滅妻之姊妹曰姨姊
妹之夫曰私

手如柔荑膚如凝脂領如蝤蠐齒如瓠犀螓首蛾眉巧

笑倩兮美目盼兮

此章言其容貌之好也蝤蠐蝎也犀瓠瓣也蓁蜻蜻

也頷廣而方倩口輔好也盼白黑明也

碩人敖敖說于農郊四牡有驕朱幩鑣鑣翟茀以朝大

夫鳳退無使君勞

此章言其車服之美也敖敖長貌也幩馬纏鑣扇汗

也人君以朱鑣鑣盛貌也茀車之後障也以翟羽爲

之禮君聽朝於路寢夫人聽內事於正寢夫夫退然

後罷夫人始至故爲之夙退也

河水洋洋北流活活施罛濊濊鱣鮪發發葭菼揭揭庶

美孟姜孟庸士有揭

此章言齊之強也河在齊之西北昆魚皆也葵亂也

庶姜同姓也庶士異姓也孽孽衆也揭壯貌也是詩

言有如此人者而君不答則君可責而夫人可閔也

碩人四章章七句

氓刺時也

氓之蚩蚩抱布貿絲匪來貿絲來卽我謀送子涉淇至

于頓丘匪我愆期子無良媒將子無怒秋以爲期

此詩前二章皆男女相從之辭後四章皆女見棄而

自悔之辭布幣也貿買也託買絲而就之謀爲淫亂

東洵今古文詩集傳　卷三

也頌丘一成之丘也

乘彼垝垣以望復關不見復關泣涕漣漣旣見復關載

笑載言爾卜爾筮體無咎言以爾車來以我賄遷

垝毀也復關坁之所在也體卦兆之體也

桑之未落其葉沃若吁嗟鳩兮無食桑甚吁嗟女兮無

與士躭士之躭兮猶可說也女之躭兮不可說也桑之

落矣其黃而隕自我徂爾三歲食貧淇水湯湯漸車帷

裳女也不爽士貳其行士也罔極二三其德

桑之未落也其葉沃沃然為若可依者也鳩食其甚

甚美而不能去則將依焉不知其將黃而隕男子之

始相得也意厚而財豐一若可父者婦人喜而從之

不知其三歲食貧而至於相棄也帷裳童容也婦人

之車所以障者漸車帷裳言其不顧艱難而從之也

三歲為婦靡室勞矣夙興夜寐靡有朝矣言既遂矣至

于暴矣兄弟不知咥其笑矣靜言思之躬自悼矣

靡室勞矣言不以室家之勞為勞也言既遂矣至于

暴矣言婚姻既成而遇之以暴也

及爾偕老老使我怨淇則有泮總角之晏言

笑晏晏信誓旦旦不思其反反是不思亦已焉哉

始也將與女偕老今老而反使我怨淇猶有岸隰猶

有畔何女心之不可知也反復也不思復其舊言也

竹竿衞女思歸也

　　　　泯六章章十句

此詩敘與泉水敘同皆父母終不得歸寧者也毛氏

不知泉源淇水檜楫松舟之喻以為此夫婦不相能

之辭故敘此詩為適異國而不見答思而能以禮者

失之矣

籧篨竹竿以釣于淇豈不爾思遠莫致之

籧篨長而殺也籧篨之竿而不可以釣于淇猶言誰

謂河廣一葦杭之言其近爾淇近則衞近矣非不欲

歸也不可得歸也蓋亦父母終而不得歸寧者也

泉源在左淇水在右女子有行遠兄弟父母

思歸而不可得則以自解曰女子生而有遠父母兄

弟之道矣譬如泉源淇水之不得相入也

淇水在右泉源在左巧笑之瑳佩玉之儺

瑳巧笑貌也儺行有度也知女子之爲必遠父母兄

弟也則自脩飭以順事君子俾無尤焉以慰父母兄

弟而已

淇水滺滺檜楫松舟駕言出遊以寫我憂

柏葉松身曰檜二木之相爲舟楫也不自從其類而

從非其類物則固有然者何獨女子也所以深自解
也

芄蘭刺惠公也

　　　　竹竿四章章四句

帶悸兮

芄蘭之支童子佩觿雖則佩觿能不我知容兮遂兮垂

芄蘭蘀也雖有支然不得所係則蔓延於地而不能

起童子雖佩觿然不能如我之多知也觿所以解結

成人之佩也人君治成人之事故雖童子而佩觿容

容刀也遂璲通佩玉也帶紳也悸悸有節度之貌也

言德不足以稱其服也

芄蘭之葉童子佩鞢雖則佩鞢能不我甲容兮遂兮垂

帶悸兮

鞢玦也能射御則佩玦甲狎也

芄蘭二章章六句

河廣宋襄公母作也

宋桓公之夫人衛文公之妹也生襄公而出思之而

義不得往故作此詩以自解

誰謂河廣一葦杭之誰謂宋遠跂予望之

杭渡也河廣矣宋遠矣以為一葦可度而跂可見所

莉溪先生詩集傳　卷三　三八

以緩說其思宋之心也蓋曰雖在衞猶在宋耳

誰謂河廣曾不容刀誰謂宋遠曾不崇朝

刀小舟也崇朝行崇朝也

河廣二章章四句

伯今刺時也

伯今揭兮邦之桀兮伯也執殳爲王前驅

君子上從王事不得休息婦人思之而作是詩伯其

字也揭武貌也殳長丈二而無刃

自伯之東首如飛蓬豈無膏沐誰適爲容

婦人夫不在無容飾

其雨其雨杲杲出日願言思伯甘心首疾

君子當至而不至猶欲雨而得日也思之而不得見

是以甘心於首疾

焉得諼草言樹之背願言思伯使我心痗

諼草令人忘憂背北堂也痗病也

伯兮四章章四句

有狐刺時也

有狐綏綏在彼淇梁心之憂矣之子無裳

綏綏匹行貌衛之男女失時喪其配偶婦人自傷不

若狐也

日藏詩經古寫本刻本彙編

有狐綏綏在彼淇厲心之憂矣之子無帶

厲深也

有狐綏綏在彼淇側心之憂矣之子無服

有狐三章章四句

木瓜美齊桓公也

投我以木瓜報之以瓊琚匪報也永以為好也

桓公城楚丘以封衞遺之車馬器服衞以復安衞人

德之故曰雖投我以木瓜我將報之以瓊琚瓊琚之

於木瓜重矣然猶不敢以為報也永以與之為歡好

而已

投我以木桃報之以瓊瑤匪報也永以為好也投我以

木李報之以瓊玖匪報也永以為好也

木瓜三章章四句

頴濱先生詩集傳卷第三

國風

王黍離

成王在豐欲宅洛邑使周公營之旣成祀其先王而遷居

西都以為宗周近於西戎周衰子孫不能及遠而文王之

德未棄於天下其勢必有遷者洛邑遠於戎狄而其旁國

無當與者唯是可以復立故城以待之而時以會東諸侯

焉其後十一世幽王失道申侯與犬戎攻而滅之晉文侯

鄭武公立其太子宜舊是為平王遂徙居東都其地在禹

貢豫州太華外方之間地得河陽漸冀州之南自平王東

遷而變風遂作其風及其境內而不能被天下與諸侯比

然其王號未替故不曰周黍離而曰王黍離云

黍離閔宗周也

宗周鎬京也

彼黍離離彼稷之苗行邁靡靡中心搖搖知我者謂我

心憂不知我者謂我何求悠悠蒼天此何人哉

平王東遷而宗周為墟宗廟宮室盡為禾黍過者閔

之彷徨不忍去而作是詩靡靡猶遲遲也

彼黍離離彼稷之穗行邁靡靡中心如醉知我者謂我

心憂不知我者謂我何求悠悠蒼天此何人哉

彼黍離離彼稷之實行邁靡靡中心如噎知我者謂我

心憂不知我者謂我何求悠悠蒼天此何人哉

行者見黍稷之苗而及其穗且實蓋行役之久也

黍稷三章章十句

君子于役刺平王也

君子于役不知其期曷至哉鷄棲于塒日之夕矣羊牛

下來君子于役如之何勿思

鑿牆以棲鷄曰塒君子行役而無至期曾鷄與牛羊

之不若奈何勿思哉

君子于役不日不月曷其有佸鷄棲于桀日之夕矣羊

牛下括君子于役苟無饑渴

佸會也鷄棲于杙曰桀括至也

君子陽陽閔周也

君子于役二章章八句

君子陽陽左執簧右招我由房其樂只且

陽陽自得也簧笙也人君有房中之樂此賤事耳然

君子居之又且相招而樂之則以賤爲樂矣君子以

賤爲樂則其貴者不可居也雖有貴位而君子不居

則周不可輔矣此所以爲閔周矣

君子陶陶左執翿右招我由敖其樂只且

陶陶和樂也翿纛也舞者之所翳也敖舞者之位也

君子陽陽二章章四句

揚之水刺平王也

揚之水不流束薪彼其之子不與我戍申懷哉懷哉曰

月予還歸哉

揚之水非自流之水也水不能自流者物斯從之雖束

薪之易流有不流矣水之能自流者物斯從之安在

其揚之哉周之盛也諸侯聽役於王室無敢違命及

其衰也雖令而不至平王未能使諸侯宗周而強使

戍申焉宜諸侯之不從也其曰彼其之子不與我戍

申周之戍者怨諸侯之不戍之辭也懷哉懷哉曰月

予還歸哉父戌而不得代之辭也申平王之母家在

陳鄭之南而近楚是以戌之

揚之水不流束楚彼其之子不與我戌甫懷哉懷哉曷

月予還歸哉揚之水不流束蒲彼其之子不與我戌許

懷哉懷哉曷月予還歸哉

蒲蒲桺也申甫許皆諸姜也

揚之水三章章六句

中谷有蓷閔周也

中谷有蓷暵其乾矣有女仳離嘅其嘆矣嘅其嘆矣遇

人之艱難矣中谷有蓷暵其脩矣有女仳離條其歗矣

條其歗矣遇人之不淑矣中谷有蓷暵其隰矣有女仳

離嘅其泣矣啜其泣矣何嗟及矣

蓷雖也暵燥也化別也俻長也草長遠地則易枯中

谷之蓷旱之所難及也今也旣先燥其生於乾者又

燥其生而長者及其甚也則雖其生於隰者亦不免

也旱及於隰則盡矣譬如周人風俗衰薄其始也人

之艱難者棄其妻耳其後人之不善者棄之矣及其

旣甚至有無故而棄之者故其以艱難而見棄者則

嘆之嘆之者知其不得已也以不善而見棄者則條

條然而歗歗者怨之深矣及其無故而見棄也則泣

兔爰閔周也

毛詩之叙曰桓王之詩也

有兔爰爰雉離于羅我生之初尚無爲我生之後逢此

百罹尚寐無吪

爰爰緩也吪動也兔狡而難取雉介而易執世亂則

輕狡之人肆而耿介之士常被其禍其曰尚寐無吪

寧死而不欲見之之辭也或曰羅所以取兔也兔則

兔矣而雉則罹之天下之禍首亂者之報也首亂者

而巳泣者窮之甚也

中谷有蓷三章章六句

則逝矣而爲之繼者受之非其所爲而反受其禍是

以寐而不欲動也

有兔爰爰雉離于羅我生之初尚無造我生之後逢此

百憂尚寐無覺

雉罹車也造亦爲也

有兔爰爰雉離于罦我生之初尚無庸我生之後逢此

百凶尚寐無聰

罦覆車也

量聚也庸用也

兔爰三章章七句

葛藟王族刺平王也

或曰刺桓王

縣縣葛藟在河之滸終遠兄弟謂他人父謂他人父亦

莫我顧

縣縣長也水厓曰滸王謂同姓曰叔父葛藟生於河

上得河之潤以爲長猶王族之託王以爲盛也王今

棄遠兄弟而爲他人父彼非王族亦安肯顧王哉

縣縣葛藟在河之涘終遠兄弟謂他人母謂他人母亦

莫我有

涘厓也謂其夫父者其妻則母也

縣縣葛藟在河之漘終遠兄弟謂他人昆謂他人昆亦

莫我聞

夷上洒下曰潛聞與聞吾事也

采葛懼讒說也

葛藟三章章六句

彼采葛兮一日不見如三月兮彼采蕭兮一日不見如
三秋兮彼采艾兮一日不見如三歲兮

朝有讒人則下不敢有所為采葛所以為絺綌采蕭
所以供祭祀采艾所以攻疾病耳雖事之無疑者猶
不敢行畏往而有讒之者是以一日不見君而如三
月之久也

采葛三章章五句

大車刺周大夫也

大車檻檻毳衣如菼豈不爾思畏子不敢

大車諸侯之車也檻檻車聲也毳衣子男之毳也毳

衣之屬毳續而裳繡其青者如菼天子之大夫有以

子男入而為之者古者大夫巡行邦國以聽男女之

訟其聽之也明而止之有道民聞其車聲而見其衣

服則畏而不敢矣非待刑之而後巳也蓋傷今不能

矣

大車啍啍毳衣如璊豈不爾思畏子不奔

啍啍重遟貌也璊禎也

榖則異室死則同穴謂予不信有如皦日

榖生也生則有內外之別而死則同穴夫婦之正也

古之聽男女之訟者非獨使淫奔者止也乃使其夫

婦相與以禮父要而無相棄也

大車三章章四句

丘中有麻思賢也

毛詩之叙曰莊王之詩也

丘中有麻彼留子嗟將其來施施

子嗟當時賢者留其氏也隱居於丘陵之間而殖麻

麥果實以為生者子嗟也民思其賢而庶其肯徐來

從之故曰將其來施施施施徐也

丘中有麥彼留子國彼留子國將其來食

毛公曰子國子嗟父也將其來食庶幾肯來從我食

也

丘中有李彼留之子彼留之子貽我佩玖

庶幾肯來遺我以善也

丘中有麻三章章四句

國風

鄭

鄭桓公友宣王之母弟食采於鄭為幽王司徒其甚得

周衆與東土之人是時王室多故公懼及於難問於
史伯吾何所可以逃死史伯曰其濟洛河潁之間乎
是其子男之國虢鄶為大虢叔恃勢鄶仲恃嶮皆有
驕侈怠慢之心加之以貪冒君若以周難之故寄帑
與賄焉不敢不許周亂而斃是驕而貪必將背君君
若以成周之衆奉辭伐罪無不克矣若克二邑鄢蔽
補丹依疇歷華君之土也若前華後河洛左濟王
茅騅而食溱洧修典刑以守之可以少固公從之幽
王十一年為犬戎所殺桓公死之其子武公復為周
司徒而變風始作鄭者其所食采地今華之鄭是也

及既得號鄭施舊號於新邑則今鄭是也

緇衣美武公也

緇衣之宜兮敝予又改爲兮適子之館兮還予授子之

粲兮

武公爲平王卿士緇衣其聽朝之正服也諸侯入爲
卿士皆受館於王室民之愛武公不知厭也故曰子
之緇衣敝歟予將爲子改爲之子適子之館歟苟還
也予將授子以粲粲殍也愛之無厭之辭也

緇衣之好兮敝予又改造兮適子之館兮還予授子之

粲兮

緇衣之蓆兮敝予又改作兮適子之館兮還予授

子之粲兮

蓆大也

將仲子刺莊公也

緇衣二章章四句

將仲子兮無踰我里無折我樹杞豈敢愛之畏我父母

仲可懷也父母之言亦可畏也

武公夫人姜氏生莊公及共叔段愛段爲請於莊公

而封之京祭仲諫曰都城過百雉國之害也公不聽

日多行不義必自斃旣而太叔命西鄙北鄙貳於巳

公子呂又諫公曰不義不暱厚將崩及太叔完聚繕

甲兵其卒乘將以襲鄭夫人將啟之則曰可矣命子
封帥車二百乘以伐京而逐之由是觀之莊公非畏
父母之言者也欲必致叔于死耳夫叔之未襲鄭也
有罪而未至于死是以諫而不聽諫而不聽非愛之
也未得所以殺之也未得所以殺之而不禁而曰畏
我父母君子知其不誠也故因其言而記之夫因其
言而記之者以示得其情也然毛氏不知其說其叙
此詩以為不勝其母以害其弟弟叔失道而公弗禁
祭仲諫而公弗聽小不忍以致大亂莊公豈不忍者
哉將謂之也仲子祭仲也杞梁屬也異姓而干公族以

日藏詩經古寫本刻本彙編

謀兄弟譬如踰里而折杞也

將仲子兮無踰我牆無折我樹桑豈敢愛之畏我諸兄

仲可懷也諸兄之言亦可畏也將仲子兮無踰我園無

折我樹檀豈敢愛之畏人之多言仲可懷也人之多言

亦可畏也

檀強忍之木也

將仲子三章章八句

叔于田刺莊公也

叔于田巷無居人豈無居人不如叔也洵美且仁

叔共叔段也叔之出田也民皆從之至於巷無居者

夫豈誠無居者乎莫如叔之信美而又仁者是以從
之者衆也言叔之爲人多才而好勇不義而得衆然
詩人作叔于田大叔于田之詩非以惡叚而以刺莊
公者言莊公力能禁之而不禁俟其亂而加之以大
戮也

叔于狩巷無飲酒豈無飲酒不如叔也洵美且好叔適
野巷無服馬豈無服馬不如叔也洵美且武

叔于田三章章五句

大叔于田刺莊公也
二詩皆曰叔于田故此加大以別之非謂叚爲大叔

也然不知者又加大于首章失之矣

叔于田乘乘馬執轡如組兩驂如舞叔在藪火烈具舉

禋禓暴虎獻于公所將叔于狃戒其傷女

內曰服外曰驂驂服之和如舞者之中節御之善也

用火宵田也暴徒手搏之也狃習也

叔于田乘乘黃兩服上襄兩驂鴈行叔在藪火烈具揚

叔善射忌又良御忌抑磬控忌抑縱送忌

襄駕也上駕馬之最良也鴈行言與服馬相次也騁

馬曰磬止馬曰控拔曰縱覆曰送忌辭也

叔于田乘乘鴇兩服齊首兩驂如手叔在藪火烈具阜

叔馬慢忌叔發罕忌抑釋掤忌抑鬯弓忌

驪白雜色曰鴇如手言如左右手之相助也掤所以

覆矢也鬯發弓也田事將畢則馬行遲發矢希既畢

則覆矢而弢弓矣

大叔于田三章章十句

清人刺文公也

清人在彭駟介旁旁二矛重英河上乎翺翔

文公之十三年狄入衞使高克將兵而禦狄于境高

克之爲人好利而不顧其君文公欲遠之不能於是

久而不召衆散而歸高克奔陳公子素爲之賦是詩

清鄭邑也彭鄭郊也高克之師皆清人也駟介馬之

被甲者也一車而二矛備折毀也英矛飾也翱翔於

河上非所以禦狄也以禦狄爲名而逐高克也以君

而逐大夫不能而假興師焉以爲大無政刑矣故春

秋書之曰鄭棄其師

清人在消駟介麃麃二矛重喬河上乎逍遙

消亦鄭郊也喬高也

清人在軸駟介陶陶左旋右抽中軍作好

軸亦鄭郊也將車御者在左戎右在右中軍上將也

言御者還旋其車而戎右抽刃以與其將習爲容好

而巳

清人三章章四句

羔裘刺朝也

羔裘如濡洵直且侯彼其之子舍命不渝

緇衣羔裘諸侯之朝服也侯君也舍施也其裘光澤

如濡其人信直而有君德其民稱之曰是出令而不

變者言德之稱其服傷今不能然也

羔裘豹飾孔武有力彼其之子邦之司直

禮惟君用純故諸臣之羔裘以豹飾袪袖

羔裘晏兮三英粲兮彼其之子邦之彥兮

二三

晏鮮盛貌也大卿英者才過人也粲衆也

羔裘三章章四句

遵大路思君子也

毛詩之叙曰莊公之詩也

遵大路兮摻執子之袪兮無我惡兮不寁故也

摻擥也袪袂也寁速也故舊也君子去之而欲留之

故顧見之道路擥其袂而告之曰無我惡而去我君

雖失德然而不速去者舊臣之宜也

遵大路兮摻執子之手兮無我魗兮不寁好也

魗醜通好舊好也

遵大路二章章四句

女曰雞鳴刺不說德也

女曰雞鳴士曰眛旦子興視夜明星有爛將翱將翔弋

鳧與鴈弋言加之與子宜之宜言飲酒與子偕老琴瑟

在御莫不靜好知子之來之雜佩以贈之知子之順之

雜佩以問之知子之好之雜佩以報之

夫婦相戒以夙興婦人勉其君子曰雞既鳴明星見

矣可以起從外事弋取鳧鴈歸以爲肴相與飲酒偕

老而不厭且非特如此而已苟子有所招來而與之

友者吾將爲子雜佩以贈之言不留色而好德也明

星啓明也弋繳射也加中也史曰以弱弓微繳加諸

鳧鴈之上宜和其所宜也雜佩珩璜琚瑀衝牙之類

問遺也

女曰鷄鳴三章章六句

有女同車刺忽也

美且都

有女同車顏如舜華將翱將翔佩玉瓊琚彼美孟姜洵

美且都

太子忽嘗有功於齊齊侯請妻之齊女賢而不取卒

以無大國之援至於見逐故國人稱同車之禮齊女

之姜以刺之禮親迎則同車舜木槿也都閑也

有女同行顏如舜英將翱將翔佩玉將將彼美孟姜德

音不忘

行道也

山有扶蘇刺忽也

　有女同車二章章六句

毛詩之叙以爲所美非美故其言扶蘇荷華也曰此

高下大小各得其宜云爾然而扶蘇非大木也鄭氏

知其不可故易之曰此小人在上而君子在下之謂

也然而喬松非惡木而游龍非美草則又曰此大臣

無恩而小臣放恣之謂也夫使說者勞而不得皆叙

惑之也

山有扶蘇隰有荷華不見子都乃見狂且

扶蘇扶胥小木也荷華扶藥也其華菌荅子都世之
美好者也狂狂狷也夫苟高而爲扶蘇之槁不若下
而爲荷華之盛也忽之爲人自潔而好名非有爲國
之慮也莊公多內寵而忽辭昏於齊失大國之援終
以見逐譬如扶蘇之生於山其居非不高矣而枝葉
不足以自芘不如荷華之生於隰得其澤以滋大故
君子以爲潔而害於國乃所謂狂耳

山有喬松隰有游龍不見子充乃見狡童

上竦無枝曰喬游放縱也龍紅草也充美也狡壯狡

也忽之爲人可謂狡童矣未可謂成人也

山有扶蘇二章章四句

萚兮刺忽也

毛詩之叙以爲君弱臣強不倡而和故曰君倡而臣

和猶風起而萚應也夫萚兮萚兮風其吹女此憂懼

之辭而非倡和之意也

萚兮萚兮風其吹女叔兮伯兮倡予和女

萚落也木槁則其萚懼風風至而隕矣譬如人君不

能自立於國其附之者亦不可以父也故懼而相告

曰叔兮伯兮子苟倡也予將和女蓋有異志矣

蘀兮蘀兮風其漂女叔兮伯兮倡予要女

要成也

蘀兮二章章四句

狡童刺忽也

彼狡童兮不與我言兮維子之故使我不能餐兮

賢者欲與之圖事而忽不與故憂之不遑食也

彼狡童兮不與我食兮維子之故使我不能息兮

食祿也

狡童二章章四句

褰裳思見正也

子惠思我褰裳涉溱子不我思豈無他人狂童之狂也

且子惠思我褰裳涉洧子不我思豈無他士狂童之狂

也且

鄭世子忽立未逾年厲公逐之而自立四年祭仲逐

厲公而召忽二年高渠彌殺之而立子亹一年齊人

殺子亹及高渠彌祭仲又立子儀厲公之出奔復入

居鄭櫟子儀十四年屬公入鄭凡鄭亂二十餘年四

公子爭立至厲公復入而後鄭少安故鄭人思大國

之正已曰子苟惠而思正吾亂褰裳而可以涉溱洧

矣鄭無難入者子苟不我思豈無他人乎吾恐他人
之先子也狂童之狂也甚矣不可緩也溱洧鄭之二
水狂童忽也鄭之亂忽實啓之

褰裳二章章五句

丰刺亂也

子之丰兮俟我乎巷兮悔予不送兮
丰豐也巷門外道也君子親迎而婦人有以異志不
從者既而所與爲異不終故追念其君子云爾

子之昌兮俟我乎堂兮悔予不將兮
子之昌兮侯我平堂兮悔予不將兮
昌盛也將送也

衣錦褧衣裳錦褧裳叔兮伯兮駕予與行

錦衣庶人嫁者之服也伯叔君子之字也或曰錦之
為貴而褧之為尚將濟其欲者必由禮而後可也

裳錦褧裳衣錦褧衣叔兮伯兮駕予與歸

丰四章二章章三句二章章四句

東門之墠刺亂也

東門之墠茹藘在阪其室則邇其人甚遠

除地曰墠茹藘茅蒐也除地以為墠則茹藘在阪不

在墠矣女子絜已以居於室其室雖近而其人不可

犯以非義如墠之遠茹藘也

東門之栗有踐家室豈不爾思子不我卽

栗女摯也徒取栗以爲禮而可以行室家之道矣非

不爾思也子不由禮故不可得也東門鄭之爲亂者

之所在也故埤栗皆曰東門又曰出其東門有女如

雲

東門之埤二章章四句

風雨思君子也

風雨淒淒鷄鳴喈喈旣見君子云胡不夷

風且雨淒淒然鷄猶守時而鳴喈喈然譬如君子雖

居亂世而不改其度也夷說也

風雨瀟瀟鷄鳴膠膠既見君子云胡不瘳

瘳愈也

風雨如晦鷄鳴不已既見君子云胡不喜

風雨三章章四句

子衿刺學校廢也

青青子衿悠悠我心縱我不往子寧不嗣音

青衿學子之所服也禮父母在則衣純以青嗣續也

學校不脩則有去者有留者而莫之禁故留者念其

去者而責之曰我雖不往見子子曷爲不傳聲問我

乎

青青子佩悠悠我思縱我不往子寧不來

青佩之組綬也

挑兮達兮在城闕兮一日不見如三月兮

挑達往來相見貌去學而游於城闕往來無所爲耳

而不來見我使我思之一日而若三月也

子衿三章章四句

揚之水閔無臣也

毛詩之叙曰忽之詩也

揚之水不流束楚終鮮兄弟維予與女無信人之言人

實迋女

揚水以求其能流雖束薪而有不能載矣譬如失衆

之君雖其私暱為之盡力以求與之而衆不與終不

可得也是以稱其私相告教之言以譏之終鮮兄弟

維予與女失衆之辭也無信人之言人實迋女夫衆

而多疑之辭也夫苟以人言為舉不可信則人將誰

復親之者此所謂小人之愛人知愛之而不知所以

愛之也

揚之水不流束薪終鮮兄弟維予二人無信人之言人

實不信

揚之水二章章六句

出其東門閔亂也

出其東門有女如雲雖則如雲匪我思存縞衣綦巾聊

樂我員

鄭國男女相棄有出其東門而見婦人如雲之衆而

無所從者曰此非我所思安得縞衣綦巾聊以樂我

哉縞衣白衣男子之服也綦巾蒼巾女子之服也思

室家之樂而不可得鰥寡相見之辭也

可與娛

出其闉闍有女如荼雖則如荼匪我思且縞衣茹藘聊

闉曲城也闍城臺也荼茅秀也茹藘所以染也

出其東門二章章六句

野有蔓草思遇時也

野有蔓草零露溥兮有美一人清揚婉兮邂逅相遇適

我願兮

鄭人困於亂政感蔓草之得露零以生而自傷不及

也故思得君子以被其膏澤思之而不可得故深思

之曰苟有是人也必婉然清揚美人也鄭無是人矣

然猶庶幾邂逅而見之以適其願邂逅不期而遇也

故鄭伯享趙文子於垂隴子太叔賦野有蔓草文子

曰吾子之惠也意取此矣或曰有美一人婦人之謂

也然則彼姝者子何以畀之亦婦人也哉毛氏由此

故叙以男女失時思不期而會信如此說則趙文子

將不受雖與伯有同譏可也

野有蔓草零露瀼瀼有美一人婉如清揚邂逅相遇與

子偕臧

野有蔓草二章章六句

溱洧刺亂也

溱與洧方渙渙兮士與女方秉簡兮女曰觀乎士曰既

且且往觀乎洧之外洵訏且樂維士與女伊其相謔贈

之以芍藥

涣涣冰釋而水盛也蘭蘭也訏大也芍藥香草也

溱與洧瀏其清矣士與女殷其盈矣女曰觀乎士曰既

且且往觀乎洧之外洵訏且樂維士與女伊其將謔贈

之以芍藥

瀏深也

溱洧二章章十句

國風

齊

齊古爽鳩氏之虛武王以封太公望國於營丘而爲
諸侯伯其地東至海西至河南至穆陵北至無棣在
禹貢青州岱山之陰濰淄之野太公姜姓本四岳之
後旣封於齊通工商之業便魚鹽之利民多歸之故
齊爲大國其後五世至哀公而變風作

雞鳴思賢妃也

毛詩之叙曰哀公之詩也

雞旣鳴矣朝旣盈矣匪雞則鳴蒼蠅之聲東方明矣朝

既昌矣匪東方則明月出之光

明

夫人不忘夙興故以蠅聲爲雞鳴以月出爲東方之

蟲飛薨薨耳與子同夢會且歸矣無庶予子憎

旦明而百蟲作方是時也予豈不欲與子同夢歟然

羣臣之會於朝者亦欲退朝而歸治其家事是以爲

之早作庶其無以我故惡之也

雞鳴三章章四句

還刺荒也

毛詩之叙曰哀公之詩也

子之還兮遭我乎峱之間兮並驅從兩肩兮揖我謂我

儇兮

還捷也峱山名也獸三歲曰肩儇利也言齊人好田

至以還儇相譽而不知耻之則荒之甚也

子之茂兮遭我乎峱之道兮並驅從兩牡兮揖我謂我

好兮子之昌兮遭我乎峱之陽兮並驅從兩狼兮揖我

謂我臧兮

還三章章四句

著刺時也

俟我於著乎而充耳以素乎而尚之以瓊華乎而俟我

於庭乎而充耳以青乎而尚之以瓊瑩乎而俟我於堂

乎而充耳以黃乎而尚之以瓊英乎而

門屛之間曰著禮壻親迎受婦於堂以出揖之於庭

又揖之於著於時婦人遂見君子故識其充耳之飾

充耳瑱也所以懸之者曰紞素青黃三者紞之色也

尚飾也瓊華瓊瑩瓊英三者皆美石似玉者所以為

瑱也言此者刺時不親迎也

著三章章三句

東方之日刺衰也

東方之日兮彼姝者子在我室兮在我室兮履我即兮

東方之月兮彼姝者子在我闥兮在我闥兮履我發兮

日升於東月盛於東其明無所不至國有明君則民之視之譬如日月常在其室家無敢欺之者行則起而從之矣及其衰也明不及民而民慢之行而無有從之者此所以爲刺衰也履行也卽從也發起也

東方之日二章章五句

東方未明刺無節也

毛詩之叙曰朝廷與居無節號令不時挈壺氏不能掌其職夫雖衰亂之世螽莫不易挈壺之職雖或失之而天曾猶在何至於未明而顚倒衣裳哉毛氏因

東方未明不能展夜而信以為然其說亦已陋矣

東方未明顛倒衣裳顛之倒之自公召之

為政必有節及其節而為之則用力少而事舉奇為

無節緩急皆所以害政也夫東方未明起而顛倒其

衣裳可謂急然猶有以為緩而自公召之者夫起者

已遽而至於顛倒矣而猶有遲之者則政將何以堪

之故必將有受其害者然則東方未明尚可以徐服

其服而無至於顛倒也

東方未晞顛倒裳衣倒之顛之自公令之折柳樊圃狂

夫瞿瞿不能展夜不夙則莫

夫苟不知為政之節則或失之蚤或失之莫常不能
及事之會矣以為尚蚤者為之常緩以為已晚者為
之常遽者不意事之已至而遽者不知事之未及
故其所以備患者常出於倉卒而不精故曰折柳樊
圃狂夫瞿瞿為藩以禦狂夫豈不知柳之不可用哉
無其備而不得已也此無節之過也瞿瞿狂貌也

東方未明三章章四句

南山刺襄公也

南山崔崔雄狐綏綏魯道有蕩齊子由歸既曰歸止曷
又懷止

南山齊南山也綏綏行求匹之貌也齊人君之尊如南

山之崔崔襄公之行如雄狐之綏綏疾其以人君而

為此行也蕩平也齊子魯桓夫人文姜也襄公之妹

而通於襄公婦人謂嫁曰歸懷思也

葛屨五兩冠綏雙止魯道有蕩齊子庸止既曰庸止曷

又從止

葛屨五兩則履具矣冠綏雙止則綏具於上矣

言文姜有匹於魯而襄公有偶於齊曷為又相從哉

蓺麻如之何衡從其畝取妻如之何必告父母既曰告

止曷又鞠止

蓺樹也蓺麻者必衡從耕其田而後種之譬言如娶妻

必告父母成禮而後取之取之如此其重而曾桓曷

爲不禁使得窮極其邪行哉鞠窮也

析薪如之何匪斧不克取妻如之何匪媒不得既曰得

止曷又極止

南山四章章六句

甫田大夫刺襄公也

無田甫田維莠驕驕無思遠人勞心忉忉

甫大也襄公無禮義而求大功不脩德而求諸侯故

告之曰無田甫田甫田而力不給則莠盛矣無思

遠人思遠人而德不及則心勞矣田甫田則必自其

小者始小者之有餘而甫田可啓矣思遠人則必自

其近者始近者之既服而遠人自至矣

無田甫田維莠桀桀無思遠人勞心怛怛婉兮變兮總

角丱兮未幾見兮突而弁兮

夫欲得諸侯而求之則失諸侯之道也莊子曰君自

是爲之則殆不成夫總角之童而至於突然弁也豈

其求之哉其道則有所必至也君子之得諸侯亦未

嘗求之矣苟脩其身而治其政令諸侯不來而將安

往故夫諸侯之來非求之也不得已而受之也不得

已而受之故其來也無憂而其既來也不去此求之

至也

甫田三章章四句

盧令刺荒也

毛詩之叙曰襄公之詩也

盧令令其人美且仁

盧田犬也令令纓鐶聲也貴人以田獵相尚故聞其

纓鐶之聲而美之曰此仁人也猶還曰揖我謂我儇

今耳

盧重鐶其人美且鬈

敝笱在梁其魚魴鰥齊子歸止其從如雨

所不能制也

制也文姜之歸于魯其從者之盛如雲則亦魯相之

鰥大魚也笱非所以執魴鰥而又敝矣宜其魚之不

敝笱在梁其魚魴鰥齊子歸止其從如雲

敝笱刺文姜也

盧令三章章二句

鋂一鐶貫二也偲才也

盧重鋂其人美且偲

重鋂子母鐶也鬈好貌也

重鐶子母鐶也鬈好貌也

鱮似魴而弱鱗如雨多也

敝笱在梁其魚唯唯齊子歸止其從如水

唯唯出入不制也如水亦多也

敝笱三章章四句

載驅齊人刺襄公也

載驅薄薄簟第朱鞹魯道有蕩齊子發夕

薄薄疾驅聲也簟方文席也第車蔽也諸侯之路車

有朱革之質而羽飾襄公疾驅其車以會文姜文姜

夕發於魯而往會之莫知愧也

四驪濟濟垂轡濔濔魯道有蕩齊子豈弟

濟濟美貌也瀰瀰衆貌也豈弟樂易也

汶水湯湯行人彭彭會魯道有蕩齊子翱翔

湯湯大貌也彭彭衆貌也言公與文姜會於通道衆

人之中而無所愧也

汶水滔滔行人儦儦魯道有蕩齊子遊遨

載驅四章章四句

猗嗟刺魯莊公也

猗嗟昌兮頎而長兮抑若揚兮美目揚兮巧趨蹡兮射

則臧兮

猗嗟嘆辭也昌盛也頎長也抑美也揚秀發也揚眉

之美也踖趒之巧也齊人傷魯莊公徒有威儀技藝

之好而不能止其母之亂也

猗嗟名兮美目清兮儀既成兮終曰射侯不出正兮展

我甥兮

目上為名目下為清正所射於侯中者也展誠也姊

妹之子曰甥

猗嗟變兮清揚婉兮舞則選兮射則貫兮四矢反兮以

禦亂兮

選精也貫習也四矢乘矢也反復其故處也君子之

於射也將安用之亦以禦亂焉耳今莊公徒以為技

而已

魏

碩鼠三章章六句

魏本姬姓之國晉獻公滅之以封大夫畢萬其地南

枕河曲北涉汾水舜禹之都在焉其民猶有虞夏之

遺風習於儉約而晉公自僖公以來變風旣作及魏

為獻公所幷其人作詩以譏刺晉事如坶鄘之詩其

實皆衞之得失故孔子之編詩列之唐詩之上亦如

邶鄘衞之次然毛氏之叙魏詩則曰魏地陿隘其民

機巧趨利其君儉嗇褊急國迫而數侵削役乎大國

民無所居蓋猶以為故魏詩而不知其為晉詩也

葛屨刺褊也

糾糾葛屨可以履霜摻摻女手可以縫裳要之褓之好
人服之

糾糾疏貌也夏葛屨冬皮屨摻摻猶纖纖也女子既
嫁三月廟見然後稱婦裳服之賤也君子之為國致
隆而極廣焉故其降也猶可以不陷今葛屨而以履
霜及其暑也將安用矣婦之未廟見也而使之縫裳
及其成為婦也將安使之矣故曰要之褓之好人服
之褓領也要領衣之貴也衣之貴者而使是好人治

之猶有降也奈何遂使之縫裳乎

好人提提宛然左辟佩其象揥維是褊心是以爲刺

提提安諦也宛辟貌也讓而辟者必左不敢當尊也

女子始嫁而治其威儀其脩如此而可以賤事使之

歕然褊者以爲爲是無益故爲其益者而至於縫裳

也惟君子則不然懼其不容降矣

葛屨二章一章六句一章五句

汾沮洳刺儉也

彼汾沮洳言采其莫彼其之子美無度美無度殊異乎

公路

汾水出於晉其流及魏沮洳漸潤也莫酸迷也涉汾

而采莫其儉信美矣然而非法非公路之所宜爲也

公行彼汾一曲言采其藚彼其之子美如玉美如殊

彼汾一方言采其桑彼其之子美如英美如英殊異乎

異乎公族

藚水蔦也公路公行公族皆晉官也春秋傳曰晉成

公立始宦卿之適以爲公族其庶子爲公行趙盾請

以括爲公族而盾爲耗車耗車戎車之倅也盾庶子

也而爲耗車則耗車公行也然則公路公行一也以

其主君之路車謂之公路以其主兵車之行列謂之

日藏詩經古寫本刻本彙編

公行耳

園有桃刺時也

汾沮洳三章章六句

園有桃其實之殽心之憂矣我歌且謠不知我者謂我
士也驕彼人是哉子曰何其心之憂矣其誰知之其誰
知之蓋亦勿思

園有桃則食桃非其園之所有則不食矣然則不耕
者不可以食粟不織者不可以衣帛仁人君子不得
坐而治民矣此孟子所謂許行之道魏人則有治此
說者也夫必耕而後食小人之所謂難也而有人焉

且力行之尚有非之者哉維君子憂其不可而歌謠
以告人而人且有謂之驕而誖之者曰彼人是矣子
獨謂何乎世皆以夫人爲是而莫知其非者則將舉
而從之此君子之所憂也故曰心之憂矣其誰知之
人之不知其非也蓋亦喜其可喜而未思其不可也
思之則其不可者見矣故曰其誰知之蓋亦勿思
園有棘其實之食心之憂矣聊以行國不知我者謂我
士也罔極彼人是哉子曰何其心之憂矣其誰知之其
誰知之蓋亦勿思
棘棗也聊以行國行告人以不可也極中也

園有桃二章章十二句

陟岵孝子行役思念父母也

陟彼岵兮瞻望父兮父曰嗟予子行役夙夜無巳上慎

旃哉猶來無止

山無草木曰岵孝子登高以望其父而不見則思其

將行之戒以自慰猶尚也可以復來無止死也

陟彼屺兮瞻望母兮母曰嗟予季行役夙夜無眛上慎

旃哉猶來無棄

山有草木曰屺

陟彼岡兮瞻望兄兮兄曰嗟予弟行役夙夜必偕上慎

旟哉猶來無死

必偕必與同役者皆無獨行也

陟岵三章章六句

十畝之間刺時也

毛詩之叙曰其國削小民無所居夫國削則民逝矣
未有地區而民存者也且雖小國豈有一夫十畝而
尚可以為民者哉

十畝之間兮桑者閑閑兮行與子還兮

此君子不樂仕於其朝之詩也曰雖有十畝之田桑
者閑閑其可樂也行與子歸君之夫有十畝之田其

所以爲樂者亦鮮矣而可以易仕之樂則仕之不可

樂也甚矣

十畝之外兮桑者泄泄兮行與子逝兮

泄泄閒貌也

十畝之間二章章三句

伐檀刺貪也

坎坎伐檀兮寘之河之干兮河水清且漣猗不稼不穡

胡取禾三百廛兮不狩不獵胡瞻爾庭有縣貆兮彼君

子兮不素餐兮

坎坎伐檀聲也檀性堅靭宜爲車耳伐檀而寘之河

上河非用車之處雖使河水清且漣而獵不見用君

子之仕於亂世其難合也如檀之於河至於小人則

不然不稼不穡而取禾三百廛不狩不獵而縣貆於

庭矣君子不得其君不仕小人未可以取而取之矣

種之曰稼斂之曰穡百畝曰廛貉子曰貆

坎坎伐輻兮寘之河側兮河水清直猗兮不稼不穡胡取

禾三百億兮不獵不獵胡瞻爾庭有縣特兮彼君子兮

不素食兮

水平則流直獸三歲曰特

坎坎伐輪兮寘之河之漘兮河水清且淪猗兮不稼不穡

胡取禾三百囷兮不狩不獵胡瞻庭有縣鶉兮彼君子

兮不素飱兮

瀹竭也

伐檀三章章九句

碩鼠刺重斂也

碩鼠碩鼠無食我黍三歲貫女莫我肯顧逝將去女適

彼樂土樂土樂土爰得我所

碩鼠碩鼠無食我麥三歲貫女莫我肯德逝將去女適

碩大也重斂以自封猶鼠之食人以自養也貫事也

彼樂國樂國樂國爰得我直碩鼠碩鼠無食我苗三歲

貫女莫我肯勞逝將去女適彼樂郊樂郊樂郊誰之永
號

勞勞來也欲適樂郊而不可得故曰誰爲樂郊可長
號而求之者哉

碩鼠三章章八句

頴濵先生詩集傳卷第

唐

國風

唐者帝堯之舊都成王以封母弟叔虞謂之唐侯南

有晉水至子燮改爲晉侯其地在禹貢太行恒山之

西太原太岳之野晉侯燮之曾孫成侯始徙居曲沃

其孫穆侯又徙於絳僖公之世燮風旣作其詩憂深

思遠猶有堯之遺風故雖晉詩而謂之唐以爲此堯

之舊而非晉德之所及也

蟋蟀刺晉僖公也

蟋蟀在堂歲聿其莫今我不樂日月其除無已太康職

思其居好樂無荒良士瞿瞿

蟋蟀蟄也歲寒則蟄入於堂聿遂也除去也此詩君

臣相告語之辭也僖公儉而不中禮故告之曰蟋蟀

在堂歲其遂莫矣而君不樂曰月捨女去矣君曰無

乃已太康歟吾念吾職之所居者是以不皇樂也曰

不然君子之不爲樂懼其荒耳苟樂而不荒斯可矣

君子之於樂也瞿瞿而不違禮耳

蟋蟀在堂歲聿其逝今我不樂曰月其邁無已太康職

思其外好樂無荒良士蹶蹶

既思其職又思其職之外蹶蹶敏也

蟋蟀在堂役車其休今我不樂日月其慆無已太康職

思其憂好樂無荒良士休休

歲晚則入居於室而役車止慆過也休休樂也

蟋蟀三章章八句

山有樞刺晉昭公也

山有樞隰有榆子有衣裳弗曳弗妻子有車馬弗馳弗

驅宛其死矣他人是愉

樞荎也妻亦曳也愉樂也人君有衣服車馬鍾鼓飲

食而不能用譬如山木之不采終亦腐敗摧毀歸於

無用而已

毛詩夕生言集傳　卷六

山有栲隰有杻子有庭內弗洒弗掃子有鍾鼓弗鼓弗

考宛其死矣他人是保

栲山栲也杻檍也考擊也保安也

山有漆隰有栗子有酒食何不日鼓瑟且以喜樂且以

永日宛其死矣他人入室

末引也

山有樞三章章八句

揚之水刺晉昭公也

揚之水白石鑿鑿素衣朱襮從子于沃既見君子云何

不樂

昭公始封栢叔于曲沃沃盛強昭公微弱雖欲去之
而不可得矣譬如揚水以求其能流雖物之易流者
有不能流矣而況於石乎祗以益其鑿鑿耳鑿鑿潔
也民知昭公之不振也故將具諸侯之衣以從栢叔
于沃素衣中衣也襮繡領也諸侯之中衣緣以丹朱

領以襮繡

揚之水白石皓皓素衣朱繡從子于鵠既見君子云何
其憂

皓皓白也繡繡領也鵠沃之邑也

揚之水白石粼粼我聞有命不敢以告人

鄰鄰清澈也命桓叔之政命也聞而不敢以告人爲

之隱也桓叔將以傾晉而民爲之隱欲其成矣

揚之水三章二章章六句一章章四句

椒聊刺晉昭公也

椒聊之實蕃衍盈升彼其之子碩大無朋椒聊且遠條

且

椒之性芬烈而能奪物者也今其實蕃衍而盈升則

其近之者未有不見奪者也桓叔篤碩廣大無有與

敵者以桓叔之德而傾晉猶以椒之芬而奪物也故

曰椒聊且遠條且言信如椒之遠芬也條長也

鄰鄰清澈也命桓叔之政命也聞而不敢以告人爲

之隱也桓叔將以傾晉而民爲之隱欲其成矣

揚之水三章二章章六句一章章四句

椒聊刺晉昭公也

椒聊之實蕃衍盈升彼其之子碩大無朋椒聊且遠條

且

椒之性芬烈而能奪物者也今其實蕃衍而盈升則

其近之者未有不見奪者也桓叔篤碩廣大無有與

敵者以桓叔之德而傾晉猶以椒之芬而奪物也故

曰椒聊且遠條且言信如椒之遠芬也條長也

椒聊之實蕃衍盈掬彼其之子碩大且篤椒聊且遠條

且

兩手曰掬

椒聊二章章六句

綢繆刺晉亂也

綢繆束薪三星在天今夕何夕見此良人子兮子兮如

此良人何

綢繆束楚綿也合異姓以爲昏姻譬如錯取衆薪而

束之耳薪之爲物束之則合而釋之則解是則綢繆

固之而後可以望其合也三星參也古者昏禮於歲

之隙昏而參見於東方則十月也於是昏禮始行矣

夫昏姻之難自其納采問名綢繆不已時至而後親

迎民之為之也勞矣故其成也則曰今夕何夕見此

良人今夕何夕云者幸之之辭也然而居於亂世室

家不能相保既已成昏而懼其失之也則曰子兮子

今如此良人何子兮子云者有所恕之之辭也

綢繆束芻三星在隅今夕何夕見此邂逅子兮子如

此邂逅何

參在東南則十月之後也

綢繆束楚三星在戶今夕何夕見此粲者子兮子如

此粲者何
參直於戶則正月也三女目粲大夫一妻二妾

杕杜刺時也
綢繆三章章六句

有杕之杜其葉湑湑獨行踽踽豈無他人不如我同父
嗟行之人胡不比焉人無兄弟胡不佽焉

杕特貌也杜赤棠也湑湑盛也踽踽無所親也晉君
遠其兄弟而親異姓譬如杕杜條幹不足以相扶持
盛其葉耳君子欲告之而懼其不信故告其所與行
之人使為之佽比其兄弟必告其所與行者庶其無

東萊先生口口集傳 口 之二

疑之也

有杕之杜其葉菁菁獨行睘睘豈無他人不如我同姓

嗟行之人胡不比焉人無兄弟胡不佽焉

杕杜二章章九句

羔裘刺晉也

羔裘豹袪自我人居居豈無他人維子之故

君之處於民上猶豹袪之在羔裘耳豹雖甚貴而以

羔為本君雖甚尊而由有民以安其居今豈羔則豹無

所施而無民則君無所託矣今奈何不吾恤乎且吾

之所以不去非無他人也特以故舊念子耳子豈反

謂我不能去而苦我哉

羔裘豹褎自我人究究豈無他人維子之好

究久也君之所以能久於此者由有民也好舊好也

羔裘二章章四句

鴇羽刺時也

毛詩之叙曰昭公之後大亂五世君子下從征役而

作此詩

蕭蕭鴇羽集于苞栩王事靡盬不能藝稷黍父母何怙

悠悠蒼天曷其有所

蕭蕭羽聲也苞稷也栩杼也鴇似鴈性不木止猶人

之不安於征役也監不攻緻也怵恓也

蕭蕭鴇翼集于苞棘王事靡監不能蓺黍稷父母何食

悠悠蒼天曷其有極蕭蕭鴇行集于苞桑王事靡監不

能蓺稻梁父母何嘗悠悠蒼天曷其有常

行列也

鴇羽三章章七句

無衣美晉武公也

豈曰無衣七兮不如子之衣安且吉兮

禮侯伯七命冕服七章諸侯不命於天子則不成爲

君周衰諸侯有不侯王命者武公始幷晉國獨能請

命于周故曰以晉之力豈不足以爲是七章之衣乎

然而不如子之賜我安且吉也

豈曰無衣六兮不如子之衣安且燠兮

天子之卿六命車旗衣服以六爲節不敢必當侯伯

故復稱其次也燠煖也

無衣二章章三句

有杕之杜刺晉武公也

有杕之杜生于道左彼君子兮噬肯適我中心好之曷

飲食之

噬逝通杜之生於道左行者之所願休息也而特生

寡蕴人是以無往就之者譬如國君士之所願事也
而無恩於人彼君子則亦舍我而逝耳尚誰肯適我
哉苟誠好之曷不試飲食之庶其宵從我乎

有杕之杜生于道周彼君子兮噬肯來遊中心好之曷
飲食之

周曲也

有杕之杜二章章六句

葛生刺晉獻公也

葛生蒙楚蘞蔓于野予美亡此誰與獨處

獻公好戰攻君子征役不反故婦人多怨曠者婦人

之託君子譬如葛之蒙楚歛之被野耳今子所美亡

矣將誰與哉亦獨處而已

葛生蒙棘歛蔓于域予美亡此誰與獨息

域塋域也

角枕粲兮錦衾爛兮予美亡此誰與獨旦

旦朝也物存而夫亡是以感物而思之也

夏之日冬之夜百歲之後歸于其居

夏之日冬之夜思者於是劇矣思之而不可得則曰

不可生得而見之矣要之百歲之後歸于其居而已

君墳墓也思之深而無異心此唐風之厚也

冬之夜夏之日百歲之後歸于其室

葛生五章章四句

采苓刺晉獻公也

采苓采苓首陽之巔人之為言苟亦無信舍旃舍旃苟

亦無然人之為言胡得焉

苓大苦也首陽雷首也夷齊居其陽故謂之首陽采

苓者皆曰吾於首陽取之首陽則信有苓矣而采者

未必然也事蓋有似而非者獻公好聽讒言不究其

實而輒從之申生之死不究其實之故也故教之曰

人之為此言以告也苟亦勿信姑置之而徐究其實

專苟不然則人之為言者將何得焉無得而為之者

世無有也然則不禁讒而讒自止矣

采苦采苦首陽之下人之為言苟亦無與舍旃舍苟

亦無然人之為言胡得焉

苦荼也

采葑采葑首陽之東人之為言苟亦無從舍旃舍苟

亦無然人之為言胡得焉

采苓三章章八句

國風

秦

唐虞之際皐陶之子曰伯翳佐禹治水有功舜命為

虞當掌上下草木鳥獸賜姓曰嬴夏商之間子孫或

在中國或在夷狄商之衰也中潏居於西戎以保西

垂其六世孫大雒適子成庶子非子非子事周

孝王養馬汧渭之間馬大蕃息孝王分大雒之國爲

附庸邑之秦至曾孫泰仲而犬戎滅大雒之族宣王

乃以秦仲爲大夫以誅西戎而秦之變風始作其後

平王東遷而秦仲之孫襄公興兵救周平王賜之岐

豐之田列爲諸侯遂有西周畿內之地在禹貢荆岐

終南惇物之野二十九世而幷諸侯有天下故孔子

叙詩列之八國之後由此故也

車鄰美秦仲也

有車鄰鄰有馬白顛未見君子寺人之令

秦自非子始封至曾孫秦仲始有車馬侍御禮樂之

好鄰鄰衆車聲也白顛的顙也寺人內小臣也士之

將見秦仲也則使寺人傳之此皆人君之常禮而

秦之先君皆所未有也

阪有漆隰有栗既見君子並坐鼓瑟今者不樂逝者其

耋

人君之有禮樂猶阪之有漆隰之有栗也苟不與人

用之則亦爲無用之物而已故士之既見秦仲也秦

仲則與之並坐而鼓瑟曰今者不與子樂之吾恐逝

者耋老而不能用矣

阪有桑隰有楊既見君子並坐鼓簧今者不樂逝者其

亡

車鄰三章一章章四句二章章六句

駟驖美襄公也

駟驖孔阜六轡在手公之媚子從公于狩

駟驖驪也阜大也襄公脩其車馬乗四驪以出田其

馬碩大而馴服御者以手執其轡而巳無所用巧也

於是時也襄公之臣能以道媚于國者寔從公狩言

其常與賢者共樂也

奉時辰牡辰牡孔碩公曰左之舍拔則獲

時是也辰時也禮冬獻狼夏獻麋春秋獻鹿豕羣獸

故虞人翼獸以待公射必以其時於是公謂御者左

之以射其左其射也舍拔而獲獸矣拔矢括也

遊于北園四馬既閑輶車鸞鑣載獫歇驕

襄公之所以能使車馬調適射中而獲多者於其平

居遊於北園也則既閑習之矣四馬乘馬也輶車輕

車也所以驅獸所謂驅逆之車也置鸞於鑣異於乘

車也載始也獫歇驕田犬也長喙獫短喙歇驕始之

日藏詩經古寫本刻本彙編

者始達其搏噬也凡此皆遊於北園之所習也

駟驖三章章四句

小戎美襄公也

小戎俴收五楘梁輈

兵車在前戎行者元戎其次小戎俴淺也收軫也兵
車之比乘車則前後淺五五束之也楘歷錄也梁輈
也輈轅也轅上曲句輈謂之梁輈一輈而以革束之
者五束有歷錄之文也

游環脅驅陰靷鋈續

游環靳環也游於服馬之背而貫驂之外轡以禁其

出故春秋傳曰如驂之有靳脅驅以革為之首屬於

軫尾屬於軫著服馬之外脅以止驂之入陰揜軌也

在軾前軌上靷環附焉靷驂之所引也續續靷也綴

環於其端鋈以白金沃鑌也

文茵暢轂駕我騏馵

茵車褥也以虎皮為之謂之文茵暢轂長轂也青黑

曰騏左足白曰馵

言念君子溫其如玉在其板屋亂我心曲

秦之西垂以板為屋襄公屢征西戎而民樂為之用

故矜其車馬而不厭雖婦人念其君子而亦無怨也

四牡孔阜六轡在手騏騮是中騧驪是驂

赤馬黑鬣曰騮黃馬黑喙曰騧

龍盾之合鋈以觼軜

龍盾畫龍於盾也合而載之以為車蔽觼在軾前所

以繫驂之內轡者以白金沃之軜驂之內轡納於觼

者也驂之外轡則御者執之

言念君子溫其在邑方何為期胡然我念之

君子於何為還期乎何我念之深也

俴駟孔羣厹矛鋈錞蒙伐有苑

以薄金介馬曰俴駟孔羣言其和也厹三隅矛也錞

其鏄也 蒙襮也 伐盾也 畫襮羽於盾苑然有文也

虎韔鏤膺 交韔二弓 竹閉緄縢

虎韔以虎皮飾弓室也 鏤膺以刻金飾馬帶也 交二

弓於韔備折毀也 閉檠也 緄繩也 縢約也 柲弓則以

竹為檠以繩約之於弓柲以備損傷

言念君子載寢載興 厭厭良人秩秩德者

厭厭安也 秩秩有序也

小戎三章章十句

蒹葭刺襄公也

蒹葭蒼蒼白露為霜 所謂伊人在水一方 遡洄從之道

阻且長遡游從之宛在水中央

蒹葭也葭蘆也蒹葭之方盛也蒼蒼
其强勁而不適
於用至於白露凝戾為霜然後堅成可施於用矣襄
公興於西戎知以耕戰富國强兵而不知以禮義終
成之非不蒼然盛也而君子以為未成故告之曰有
賢者於是不遠也在水之一方耳胡不求與為治哉
雖不以其道求之也則道阻且長不可得而見矣如
以其道求之則宛然在水之中耳逆流而上曰遡洄
順流而涉曰遡游

蒹葭淒淒白露未晞所謂伊人在水之湄遡洄從之道

阻且躋遡游從之宛在水中坻

水草之交曰湄躋升也坻小渚也

蒹葭采采白露未已所謂伊人在水之涘遡洄從之道

阻且右遡游從之宛在水中沚

涘厓也右出其右也小渚曰沚

蒹葭三章章八句

終南戒襄公也

此詩美襄公耳未見所以為戒者豈以壽考不忘爲

戒之歟

終南何有有條有梅君子至止錦衣狐裘顏如渥丹其

終南何有有紀有堂君子至止黻衣繡裳佩玉將將壽
考不忘

君也哉

終南周南山也條稻也梅柟也錦衣狐裘諸侯之服
也記曰君衣狐白裘錦衣以裼之裼之渥丹赤而澤也襄
公旣爲諸侯受服于周其人尊而悅之故曰終南則
有草木以自衣被而成其深君子則有服章以自嚴
飾而成其尊顏如渥丹其君也哉嚴憚之辭也

紀基也堂亦基也終南有畢道其旁如堂之墻青黑
爲黻五色備爲繡君子之佩玉非以爲容好而已將

使壽考而不忘禮也

終南二章章六句

黃鳥哀三良也

交交黃鳥止于棘誰從穆公子車奄息維此奄息百夫
之特臨其宄惴惴其慄彼蒼者天殲我良人如可贖兮
人百其身

穆公以子車氏之三子爲殉皆秦之良也國人哀之
爲賦此詩言臣之託君猶黃鳥之止於木交交其和
鳴今三子獨不得其死曾鳥之不若也人百其身者
欲以百人贖其一身也然三良之死穆公之命也康

公從其言而不改其亦異於魏顥矣故黃鳥之詩交

諷之也

交交黃鳥止於桑誰從穆公子車仲行維此仲行百夫
之防臨其穴惴惴其慄彼蒼者天殲我良人如可贖兮
人百其身交交黃鳥止于楚誰從穆公子車鍼虎維此
鍼虎百夫之禦臨其穴惴惴其慄彼蒼者天殲我良人
如可贖兮人百其身

黃鳥三章章十二句

晨風刺康公也

鴥彼晨風鬱彼北林未見君子憂心欽欽如何如何忘

我實多

鴥疾飛貌也晨風鸇也賢者之欲仕於大國猶晨風

之欲止於北林故其未獲見也欽欽而憂君奈何獨

忘我而不顧乎

山有苞櫟隰有六駁未見君子憂心靡樂如何如何忘

我實多

櫟柞櫟也駁榆梓也其皮青白如駁言六未詳賢者

之仕於大國非特自為也以為山則有櫟隰則有駁

可以大國而獨無其人乎

山有苞棣隰有樹檖未見君子憂心如醉如何如何忘

我實多

棣唐棣也檖赤羅也

晨風三章章六句

無衣刺用兵也

豈曰無衣與子同袍王于興師脩我戈矛與子同仇

古者君與民同其其苦非謂其無衣也然有是袍也

願與之同之故於王之興師也民皆脩其戈矛而與

之同仇矣傷今無恩於民而用其死也秦本周地故

其民猶思周之盛時而稱先王焉

豈曰無衣與子同澤王于興師脩我矛戟與子偕作

澤褻衣近垢汙者也

豈曰無衣與子同裳王於興師脩我甲兵與子偕行之

渭陽康公念母也

無衣三章章五句

悠我思何以贈之瓊瑰玉佩

我送舅氏曰至渭陽何以贈之路車乘黃我送舅民悠

母之兄弟曰舅康公之母晉獻公之女而文公之姊

也文公遭驪姬之難未反而秦姬卒穆公之納文公

而康公送之渭陽傷母之不及見而作是詩

渭陽二章章四句

日藏詩經古寫本刻本彙編

權輿刺康公也

於我乎夏屋渠渠今也每食無餘吁嗟乎不承權輿

穆公好賢居之以大屋渠渠其深廣至於康公而遇
之薄矣食之無餘者故曰不承權輿權輿始也

於我乎每食四簋今也每食不飽吁嗟乎不承權輿

權輿二章章五句

潁濱先生詩集傳卷第六終

陳

國風

陳太皞伏犧氏之墟今淮陽郡是也昔帝舜之冑有
虞閼父爲武王陶正武王賴其利器用與神明之後
封其子嬀滿於陳都於宛丘之側妻以元女大姬其
封域在禹貢豫州之東其地廣平無名山大川西望
外方東不及孟豬大姬婦人尊貴好祭祀巫覡歌舞
之事其民化之五世至幽公淫荒遊蕩無度國人刺
之而陳之變風始作然原其風出於大姬蓋列國之
風皆有所自起方周之盛時王澤充塞其善者篤於

善不善者以禮自將亦不至於惡其後周德旣衰諸

侯各因其舊俗而增之善者因善以入於惡而不善

者日以益甚故晉以堯之遺風爲儉不中禮陳以大

姬之餘俗爲遊蕩無度亦理勢然也

宛丘刺幽公也

子之湯兮宛丘之上兮洵有情兮而無望兮

湯蕩也外高中下曰宛丘幽公遊蕩無度信有情矣

然而無威儀以爲民望

坎其擊鼓宛丘之下無冬無夏值其鷺羽

坎鼓聲也值持也白鷺之羽可以爲舞者之翳

坎其擊缶宛丘之道無冬無夏值其鷺翿

缶盆屬

宛丘三章章四句

東門之枌疾亂也

東門之枌宛丘之栩子仲之子婆娑其

東門宛丘爲亂者之所期會也枌白榆也栩杻也子

仲陳大夫氏也婆娑舞也

穀旦于差南方之原不績其麻市也婆娑

穀善也差擇也爲亂者相告以良日相差擇而趨南

方原氏之女原與子仲陳大夫之著也今而猶然則

其民可知矣

穀旦於逝越以鬷邁覷爾如荍貽我握椒

逝往也越於也鬷麻總也荍芘芣也小草而多華男

女既相告以相差今則又相告而往矣於是遂以

其麻行往會之於其會也相謔以荍而相遺以椒相

與為淫蕩而莫知恥也

東門之枌三章章四句

衡門誘僖公也

衡門之下可以棲遲泌之洋洋可以樂飢豈其食魚必

河之魴豈其取妻必齊之姜豈其食魚必河之鯉豈其

取妻必宋之子

衡門橫木爲門也棲遲遊息也泌泉水也夫棲遲必

大屋樂飢必飲食食魚必魴鯉取妻必姜子此四者

誰不欲之然人未嘗必此四者而後可以爲必此四

者而後可則終身有不獲者故從其所有而爲之及

其至也雖天下之美無加焉不然雖有天下之至美

而常挾不足之心以待之則終亦不爲而已矣僖公

自謂小國無意於爲治故陳此以誘之

衡門三章章四句

東門之池刺時也

東門之池可以漚麻彼美淑姬可與晤歌

漚柔也晤遇也陳君荒淫無度而國人化之皆不可
告語故其君子思得淑女以化之於內婦人之於君
子日夜處而無間庶可以漸革其暴如池之漚麻漸
漬而不自知也

東門之池可以漚紵彼美淑姬可與晤語

紵麻屬

東門之池可以漚菅彼美淑姬可與晤言

菅茅也

東門之池三章章四句

東門之楊刺時也

東門之楊其葉牂牂昏以為期明星煌煌

牂牂盛極貌也昏禮以歲之隙楊葉牂牂則春夏之
交也時既已晚矣幸其成禮而昏以為期至於明星
煌煌而又不至是以怨之也

東門之楊其葉肺肺昏以為期明星晢晢

肺肺亦盛極也

東門之楊二章章四句

墓門刺陳佗也

墓門有棘斧以斯之夫也不良國人知之知而不已誰

昔然矣

陳佗陳文公之子而桓公之弟也桓公疾病佗殺其
太子免而代之桓公之世陳人知佗之不臣矣而桓
公不去以及於亂是以國人追咎桓公以為桓公之
智不能及其後故以墓門刺焉夫墓門而生棘亦以
斧析之則已不然吾恐女死而棘盛以害女墓也斯
析也夫陳佗也佗之不良國人莫不知之者知而不
之去昔者誰為此乎蓋歸咎桓公也然毛氏不知墓
門之為桓公而以為陳陀故以斧鵙皆為佗之師傅
其序此詩亦曰佗無良師傅以至於不義惡加于萬

民失之矣

墓門有梅有鴞萃止夫也不良歌以訊之訊予不顧

倒思予

梅柟也鴞惡聲鳥也萃集也墓門有梅而鴞則集之

梅雖善將得全乎桓公之沒也雖有太子免以為後

而佗在焉求太子之無危不可得矣訊告也告之而

不予顧至顧沛而後念吾言矣夫顧沛而後念其言

則已晚矣

墓門二章章六句

防有鵲巢憂讒賊也

毛詩之序曰宣公之詩也

防有鵲巢邛有旨苕誰侜予美心焉忉忉

防邛皆丘陵也苕草也防有鵲巢眾鳥皆得居之邛

有旨苕眾人皆得采之朝有讒人而君不明則君子

不保其祿位譬如鵲巢旨苕恐為人所奪耳侜張誑

也予之所美謂君也

中唐有甓邛有旨鷊誰侜予美心焉惕惕

唐堂塗也甓瓴甋也鷊綬草也唐之有甓眾人所得

踐履也邛之有鷊亦眾人所得共采也

防有鵲巢二章章四句

月出刺好色也

月出皎兮佼人僚兮舒窈糾兮勞心悄兮月出皓兮佼
人懰兮舒憂受兮勞心慅兮月出照兮佼人燎兮舒夭
紹兮勞心慘兮

婦人之美盛如月出之光燎懰皆好也燎明也舒遟
也窈糾慅受天紹皆舒之姿也悄慅慘皆憂也思而
不見則憂矣

月出三章章四句

株林刺靈公也

胡爲乎株林從夏南匪適株林從夏南

靈公與其大夫孔寧儀行父淫於夏徵舒之母朝夕

而往夏氏之邑故其民相與語曰君朝爲乎株林乎

將以從夏南耳非徒適株林也將以從夏南耳株林

夏氏邑南徵舒宇也

雚我乘馬說于株野乘我乘駒朝食于株

株林二章章四句

澤陂刺時也

毛詩之序曰靈公之詩也

彼澤之陂有蒲與荷有美一人傷如之何寤寐無爲涕

泗滂沱

陂澤障也婦人之色如蒲荷之美恩而不見故憂傷

泲泗也自目曰泲自鼻曰泗

彼澤之陂有蒲與蘭有美一人碩大且卷寤寐無爲中

心悁悁

蕑蘭也卷奸也悁悁猶悒悒也

彼澤之陂有蒲菡萏有美一人碩大且儼寤寐無爲輾

轉伏枕

詩止於陳靈何也古之說者曰王澤竭而詩不作是

不然矣予以爲陳靈之後天下未嘗無詩而仲尼有

所不取也盍亦嘗原詩之所爲作者乎詩之所爲作

者發于思慮之不能自已而無與乎王澤之存亡也

是以當其盛時其人親被王澤之純其心和樂而不

流於是焉發而為詩則其詩無有不善則今之正詩

是也及其衰也君所憂愁憤怒不得其平淫泆放蕩

不合於禮者矣而猶知復反於正故其為詩也亂而

不蕩則今之變詩是也及其大亡也怨君而思叛越

禮而忘反則其詩遠義而無所歸宿繇是觀之天下

未嘗一日無詩而仲尼有所不取也故曰變風發乎

情止乎禮義發乎情民之性也止乎禮義先王之澤

也先王之澤尚存而民之邪心未勝則猶取焉以為

變詩及其邪心大行而禮義刖遠則詩淫而無度不
可復取故詩止於陳靈而非天下之無詩也有詩而
不可以訓焉耳故曰陳靈之後天下未嘗無詩由此
言之也

澤陂三章章六句

國風

檜

檜高辛氏火正祝融之墟在禹貢豫州外方之北滎
波之南居溱洧之間祝融氏八姓唯妘姓檜實處其
地周衰為鄭桓公所滅其世次微滅不傳故其作詩
之世不可得而推也

羔裘大夫以道去其君也

羔裘逍遙狐裘以朝豈不爾思勞心忉忉

緇衣羔裘諸侯之朝服也錦衣狐裘所以朝天子之

服也檜君好盛服故以其朝服燕而以其天子之

服朝夫君之爲是也則過矣然而非大惡也而失夫

以是去之何哉孔子之去魯爲女樂故也而曰膰肉

不至蓋諱其大惡而以微罪行檜大夫之羔裘則孔

子之膰肉也歟此所謂以道去其君也

羔裘翱翔狐裘在堂豈不爾思我心憂傷羔裘如膏曰

出有曜豈不爾思中心是悼

如膏言光澤也

羔裘三章章四句

素冠刺不能三年也

庶見素冠兮棘人欒欒兮勞心慱慱兮

庶幸也喪禮既祥祭而縞冠素紕棘急也君子之居

喪皇皇若無所容者此所謂棘人也欒欒瘠貌也慱

慱憂勞也憂不見是人也

庶見素衣兮我心傷悲兮聊與子同歸兮

除成喪者其祭也朝服縞冠朝服緇衣素裳素衣者

素裳也聊與子同歸云者顧見有禮之人與之同歸

也

庶見素韠兮我心蘊結兮聊與子如一兮

禮韠從裳色故韠亦以素記曰子夏三年之喪畢見

於夫子援琴而弦衎衎而樂作而曰先王制禮不敢

不及也夫子曰君子也閔子騫三年之喪畢見於夫

子援琴而弦切切而哀作而曰先王制禮不敢過也

夫子曰君子也子路曰何爲皆君子也夫子曰子夏

哀已盡能引而致之於禮閔子哀未盡能自割以禮

夫三年之喪賢者之所輕而不敢過不肖者之所難

而不敢不勉此所謂如一也

素冠三章章三句

隰有萇楚疾恣也

隰有萇楚猗儺其枝夭之沃沃樂子之無知

萇楚銚弋也蔓而不纍其枝猗儺而已以喻君子有
欲而不留欲也天少也沃沃柔和也君子幸其少而
柔和不樂其有知而恣也

隰有萇楚猗儺其華夭之沃沃樂子之無家隰有萇楚
猗儺其實夭之沃沃樂子之無室

隰有萇楚三章章四句

匪風思周道也

日藏詩經古寫本刻本彙編

匪風發兮匪車偈兮顧瞻周道中心怛兮

周道既喪諸侯爲憬疾之政非風也而其至發發非
車也而其行偈偈是以顧瞻周道而怛然傷之也

匪車飄兮匪車嘌兮顧瞻周道中心弔兮

迴風爲飄嘌嘌無節度也

誰能亨魚溉之釜鬵誰將西歸懷之好音

亨魚煩則碎治民煩則散善亨魚者亦潔其
釜鬵金屬亨魚煩則碎治民煩則散善亨魚者亦潔其
釜鬵安以待其熟耳周之先王其所以治民者亦猶
是也安用票疾之政爲哉誠有能復爲周家之安靖
民皆以好音歸之矣西周所在也

匪風三章章四句

曹　　國風

曹今之濟陰郡武王以封弟叔振鐸其地在禹貢兗州陶丘之北雷夏荷澤之野昔堯嘗遊成湯死而葬焉舜漁雷澤其民化之其遺俗重厚多君子務稼穡薄衣食以致蓄積介於魯衛之間又寡於患難末時富而無敎乃更驕侈十一世昭公立而變風遂作

蜉蝣刺奢也

毛詩之叙曰昭公之詩也

蜉蝣之羽衣裳楚楚心之憂矣於我歸處

蜉蝣渠畧也朝生而夕死方其生也不知慮死而自

好其羽翼曹君危亡之不恤而楚楚然潔其衣服如

蜉蝣也是以君子悲其淺陋而知其不能慮遠憂其

國以及其身曰我將於何歸處乎

蜉蝣之翼采采衣服心之憂矣於我歸息蜉蝣掘閱麻

衣如雪心之憂矣於我歸說

掘閱掘地解閱也麻衣深衣也諸侯朝則朝服夕則

深衣

蜉蝣三章章四句

候人刺近小人也

毛詩之序曰共公之詩也

彼候人兮何戈與祋彼其之子三百赤芾

候人掌道路送迎賓客而爲之衞故何戈與祋夫候
人則知何戈與祋而已而君寵之至使之服赤芾者
三百人何哉役夫也芾韠也一命緼芾黝珩再命赤
芾黝珩三命赤芾葱珩大夫以上赤芾乘軒晉文公
之入曹數之以乘軒者三百人卽此歟

維鵜在梁不濡其翼彼其之子不稱其服

鵜洿澤當在水中求食而已今乃處魚梁之上曾不
濡翼而得魚以爲食譬如小人當何戈而役耳今乃

處朝廷而服赤芾

維鵜在梁不濡其咮彼其之子不遂其媾

咮喙也遂達也與小人爲婚媾未有達者也

薈兮蔚兮南山朝隮婉兮變兮季女斯饑

薈蔚雲與貌也小人朋黨相援並進於朝如南山之

升雲薈蔚而上莫之能止君子守道困窮於下如幼

弱之女雖有飢寒之患而婉變自保不妄從人季女

者無求於人而人之所當求也

候人四章章四句

鳲鳩刺不一也

鳲鳩在桑其子七兮淑人君子其儀一兮其心

如結兮

鳲鳩秸鞠也鳲鳩之哺其子朝從上下莫從下上平

均如一君子之於人其均一亦如是也儀其見於外

者有外為一而心不然者矣君子之一也非獨外為

之其中亦信然也故曰其儀一兮心如結兮

鳲鳩在桑其子在梅淑人君子其帶伊絲其帶伊絲其

弁伊騏

騏或作璂璂弁之結飾以玉為之帶伊絲矣而弁不

璂則為充於下而不充於上上下有一不充則為不

一矣君子之行無不充足者故周旋反覆視之而無

不如一譬如絲帶而充之以瓏弁耳夫無一不然者

一之至也德未充而求其能一不可得也既巳充矣

而求其有一不然亦不可得也

鳲鳩在桑其子在棘淑人君子其儀不忒其儀不忒正

是四國鳲鳩在桑其子在榛淑人君子正是國人正是

國人胡不萬年

鳲鳩則在桑而巳其子則不可常也以其愛之則宜

其無所不從然以爲從其在梅則失其在棘從其在

棘則失其在榛是以居一以俟之而無不及者此得

一之要也

鳲鳩四章章四句

下泉思治也

毛詩之序曰共公之詩也

冽彼下泉浸彼苞稂愾我寤歎念彼周京

冽寒也下泉泉之下流者也苞本也稂童梁也稂非

溉草得水則病民之苦於虐政猶稂之得下泉也愾

歎聲也

冽彼下泉浸彼苞蕭愾我寤歎念彼京周

蕭蒿也

洌彼下泉浸彼苞蓍愾我寤歎念彼京師芃芃黍苗陰

雨膏之四國有王郇伯勞之

芃芃盛也稂蕭著黍皆非溉草而下泉陰雨皆水也

然稂蕭著以病而黍苗以盛則下泉無度而雨有節

也國之有王事皆非民所樂也然得君子以勞來之

則民不至於病矣郇伯文王之子郇侯爲州伯也

下泉四章章四句

頼濱先生詩集傳卷第七終

國風

豳

豳邠之袇邑也昔公劉自邰出居於豳脩后稷之業
勤恤愛民民咸歸之周之王迹實始於此故周公遭
二叔之難而作七月之詩言后稷公劉勤勞民事致
王業之艱難文武受命功未及究而沒成王尚幼恐
其不能承以墜先公之功是以周公當國而終成之
故七月者道周公之所以當國而不辭也周公之所
以當國而不辭者重王業之艱難也然是詩則言豳
公而已不及於周公故謂之豳而以周公之詩附之

日藏詩經古寫本刻本彙編

夫幽公之詩一國之風也周公之詩一人之事也以
為皆非天下之政是故得為風而不得為雅也昔之
言詩者以為此詩作於周公之遭變故謂之幽之變
風夫言正變者必原其時原其時則得其實衞武衞
文鄭武泰襄之詩一時之正也而不得為正何者其
正未足以復變也周公成王之際而有一不善是亦
一時之變為耳孰謂一時之變而足以敗其數百平
之正也哉
七月陳王業也
七月流火九月授衣一之日觱發二之日栗烈無衣無

褐何以卒歲

此詩言月者夏正也言日者周正也火大火也大火

寒暑之候也春秋傳曰火星中而寒暑退流下也火

流而將寒九月而寒至可以授冬衣矣至於十一月

風至而厲發十二月寒盛而栗烈苟其無衣與無褐

也則何以卒歲乎故九月不可以不授衣九月不可

以不授衣則其慮衣也不可以不早矣褐毛布也

三之日于耜四之日舉趾同我婦子饁彼南畝田畯至

喜

豳土晚寒正月始脩耒耜而二月舉足以耕於其耕

二 一

也丁壯無不適野故饁者其婦子也於是田畯來而

喜之不謹矣饁饋也田畯田大夫也此章陳衣食之

始餘章終之也

七月流火九月授衣春日載陽有鳴倉庚女執懿筐遵

彼微行爰求柔桑

倉庚離黃也懿筐深筐也微行小逕也柔桑稺桑也

蠶之始生宜之知九月之將授衣故於春日之陽而

倉庚之鳴也女子行求柔桑以事蠶矣

春日遲遲采蘩祁祁女心傷悲殆及公子同歸

蘩白蒿也所以生蠶祁祁眾也古者昏禮於歲之交

日藏詩經古寫本刻本彙編

故女子之處者怨慕悲傷思以是時歸于公子

七月流火八月萑葦蠶月條桑取彼斧斨以伐遠揚猗

彼女桑

蘵為崔葭為葦隋豙斧斨方豙斨枝落而采之曰條取

葉存條曰猗猗長也葉盡則條猗猗其長也少枝長

條曰女桑知火流之將寒故八月則采崔葦以備來

歲之曲薄至於蠶盛之月則桑無所不取其遠條揚

起不可手致者伐取之少枝長條不可枝落者猗取

之於是而桑事畢矣

七月鳴鵙八月載績　載玄載黃我朱孔陽為公子裳

鵙伯勞也五月陰氣至則鳴函地晚寒故鳥物之候

或從其氣爲績治麻也至是絲事畢而麻事起矣玄

黑而有赤也朱深纁也陽明也

四月秀葽五月鳴蜩八月其穫十月隕蘀

不榮而實曰秀葽未詳蜩螗也穫穫禾也隕墜也蘀

落也四者物成而將寒之候

一之日于貉取彼狐狸爲公子裘二之日其同載績武

功言私其豵獻豜于公

于貉往搏貉也十一月鳥獸舐毛其皮可取於是擇

其狐狸以與公子爲裘至於十二月則君與民皆田

以繼武事凡言公子猶言君子也從其貴者言之耳

豵一歲曰豵三歲曰豜大獸公之小獸私之

五月斯螽動股六月莎雞振羽七月在野八月在宇九

月在戶十月蟋蟀入我牀下

斯螽蜙蝑也莎雞天雞也蟋蟀暑則在野寒則依人

故自七月漸寒至于十月而入於牀下言此三物者

著寒之有漸非卒來也

穹窒熏鼠塞向墐戶嗟我婦子曰為改歲入此室處

穹窮也窒塞也向牖也墐塗也改歲十一月周正也

十月蟋蟀入伏於牀下知大寒之將至於是相告以

葺其室廬穹窒際穴塞牖塗戶以禦寒之入蓋民之

所以備寒者至此而後畢

六月食鬱及薁七月亨葵及菽八月剝棗十月穫稻爲

此春酒以介眉壽

春夏食去歲之菑至于六月始有果實成而可食鬱

棣屬也薁蘡薁也剝擊也春酒凍醪也冬釀而夏熟

介助也養老者必有酒以助養其氣夏不可以釀故

爲此酒以繼之

七月食瓜八月斷壺九月叔苴采荼薪樗食我農夫

壺瓠也苴枲拾也苴麻子也樗惡木也

九月築場圃十月納禾稼黍稷重穋禾麻菽麥嗟我農

夫我稼既同上入執宮功晝爾于茅宵爾索綯亟其乘

屋其始播百穀

春夏為圃秋冬為場故須築以待納禾稼先種後熟

日重後種先熟日穋同聚也綯絞也乘登也農事既

畢故相告以入都邑治宮室晝取茅而夜索之以綯

補屋之弊漏亟及其私室日將復始播來歲之穀不

暇治屋矣

二之日鑿冰沖沖三之日納于凌陰四之日其蚤獻羔

祭韭

古者藏冰發冰以節陽氣之盛陽氣之在天地譬猶

火之著於物也故常有以解之十二月陽氣蘊伏鋼

而未發其盛在下則納冰於地中故曰日在北陸而

藏冰至於二月四陽作蟄蟲起陽始用事則亦始啓

冰而廟薦之故曰仲春獻羔開冰先薦寝廟至於四

月陽氣畢達陰氣將絕則冰於是大發食肉之祿老

疾喪浴冰無不及故曰火出而畢賦人之君大冬也

血氣收縮陽處於是厚衣而寒食及其居大夏也

也血氣發越陽散於外於是薄衣而溫食不然盛者

將過而為厲藏冰發冰亦猶是也申豐有言其藏之

也深山窮谷固陰冱寒於是乎取之其出之也朝之
祿位賓食喪祭於是乎用之其藏之也周其用之也
徧則冬無愆陽夏無伏陰春無淒風秋無苦雨雷出
不震無災霜雹疾厲不降民不夭札今藏川池之冰
弃而不用風不越而殺雷不發而震雹之為災誰能
禦之此之謂也
九月肅霜十月滌場朋酒斯饗曰殺羔羊躋彼公堂稱
彼兒觥萬壽無疆
滌埸也於是場功畢國君因其閒服而勞饗其羣臣
朋友

鴟鴞周公救亂也

七月八章章十一句

鴟鴞鴟鴞既取我子無毀我室恩斯勤斯鬻子之閔斯

周公東伐二叔既克而成王未信故為此詩以遺王

鴟鴞惡鳥也鳥之有巢者呼而告之曰既取我子矣

無復毀我室周之先王勤勞以造周如鳥之為巢苟

取其子而又毀其室是重傷之也管蔡既已出周公

矣王又不信而誅周公誅而王業壞矣恩愛也

鬻子稚子也先王之愛其室家與其勤之者至矣庶

幾稚子之閔之而已稚子謂成王也

迨天之未陰雨徹彼桑土綢繆牖戶今女下民或敢侮

予

桑土桑根也為國者如鳥之為巢及天之未雨而

徹桑之根以綢繆其牖戶矣今女下民乃敢侮予將

敗我成業也

子

予手桔據予所將茶予所蓄租予口卒瘏曰予未有室

家

桔據撠揭也茶萑苕也租亦蓄也瘏病也以手將茶

則至於桔據以口蓄租則至於卒瘏予之所以勤勞

病瘁而不辭者曰予未有室家故也奈何既成而將

或毀之哉

予羽譙譙予尾翛翛予室翹翹風雨所漂搖予維音嘵

嘵

譙譙殺也翛翛敝也翹危也嘵嘵急也爲室之勞

至於羽殺尾敝室成而風雨漂搖之則其音得無急

乎

鴟鴞四章章五句

東山周公東征也

我徂東山慆慆不歸我來自東零雨其濛

慆慆久也周公東征三年而歸勞歸士而作此詩言

士之從者既久於外及其歸也則又遇雨士於此尤

苦故於四章每言之

我東曰歸我心西悲制彼裳衣勿士行枚蜎蜎者蠋烝

在桑野敦彼獨宿亦在車下

勿物通枚一也蠋桑蟲也烝塵也東征之士皆西人

也方其在東未嘗不曰歸耳而未可以歸故其心念

西而悲其室家於是為之制其衣裳而使往遺之於

其往也戒之使物色其士行求而人人與之曰彼蠋

也則可以久在桑野吾君子豈亦蠋哉而亦敦然獨

宿於車下

我祖東山慆慆不歸我來自東零雨其濛果臝之實亦
施於宇伊威在室蠨蛸在戶町畽鹿場熠燿宵行不可
畏也伊可懷也

果臝枯樓也伊威委黍也蠨蛸長蹄也町畽鹿跡也熠
燿螢火也家無人則五物至矣非足畏也所以令人
憂思耳

我徂東山慆慆不歸我來自東零雨其濛鸛鳴于垤婦
歎于室洒埽穹窒我征聿至有敦瓜苦丞在栗薪自我
不見于今三年

垤蟻冢也瓜苦瓜之苦者鸛好水將雨則長鳴婦即喜

婦人念其君子既歸而又遇雨故嘆既而知其將至
也則洒掃穹窒以待之瓜之苦者人所不取敦然著
於栗薪而不去婦人之從君子當如是也是以自我
不見于今三年而不辭也

我祖東山慆慆不歸我來自東零雨其濛倉庚于飛熠
燿其羽子之于歸皇駁其馬親結其縭九十其儀其新
孔嘉其舊如之何

此章歸士與其室家相說好追道其始昏之辭也倉
庚飛而熠燿其羽譬如婦人之嫁而盛其禮也馬黃
白曰皇駁白曰駁女之嫁也母戒之施衿結帨九十

言多儀也

東山四章章十二句

破斧美周公也

既破我斧又缺我斨周公東征四國是皇哀我人斯亦

孔之將

皇匡也將大也斧破而斨存尚有以爲用也斧破而

斨缺則盡矣管蔡流言以危周公周公危而成王安

尚可也周公危而成王無與爲其國則成王亦危矣

故曰周公之東征亦四方是爲非以救其身也使周

公嫌於救其身潔身而退以避二叔之難則其亂將

及於四方如是而周公亦清矣然而未免於小也維

不嫌于自救哀人之不治以誅管蔡而後可以爲大

旣破我斧又缺我錡周公東征四國是吪哀我人斯亦

孔之嘉

錡鑿屬吪化也

旣破我斧又缺我銶周公東征四國是遒哀我人斯亦

孔之休

銶木屬遒固也

破斧三章章六句

伐柯美周公也

伐柯如何匪斧不克取妻如何匪媒不得

伐柯而不用斧取妻而不用媒豈可得哉今成王欲

治國弃周公而不召亦不可得也

伐柯伐柯其則不遠我覯之子籩豆有踐

用斧以伐柯非謂其能伐之而已以為執柯以伐柯

其則不遠也治國而用周公亦豈以其能治之而已

哉以為使周公在上而天下化之可以不勞而治焉

耳故人之見周公者亦見其籩豆有踐而已非有以

異於人也惟其所過者化所存者神為不可及耳踐

行列貌也

伐柯二章章四句

九罭美周公也

九罭之魚鱒魴我覯之子袞衣繡裳

罭吾囊也九罭言其大也鱒魴大魚也袞
衣繡裳公服也求大魚者必大網見周
公者不可不以上公

公服也

之服也

鴻飛遵渚公歸無所於女信處

渚鴻之所當在也信再宿也周公居東周人思復召
之而恐東人之欲留公也故告之曰周公之在周譬
如鴻之於渚亦其所當在也昔也公歸而無所是以

於女信處苟穫其所矣豈復於女長處哉

鴻飛遵陸公歸不復於女信宿

鴻飛而遵陸不得已也周公之在東亦猶是矣非其
所願居也苟其得已則義當復西耳不復者不復其
舊也

是以有袞衣兮無以我公歸兮無使我心悲兮

東人安於周公不欲其復西故曰使公居是以有袞
衣可也無以公歸而使我悲也言周公之於天下無
有不欲已得而親事之者也

九戬四章章三句

狼跋美周公也

狼跋其胡載疐其尾公孫碩膚赤舄几几

跋躓也疐跲也公孫周公周公孫也碩大也膚
美也赤舄屨之盛也老狼有胡其進也如將躓其胡
其退也如將跲其尾然而胡尾未嘗能爲狼累也周
公之輔成王亦多故矣二叔流言以病其外成王不
信以憂其內人之視周公如視狼然前憂其躓胡而
後憂其跲尾也然周公居之從容自得而二患皆釋
人徒見其屨赤舄几几然安且閒而不知其解患釋
難之方也

狼毚其尾載跋其胡公孫碩膚德音不瑕

周公既出而作七月未還而作鴟鴞既還而作東山

故豳風著此三詩以目周公出入之次而後列周人

美公之詩此豳詩所以爲先後也

狼跋二章章四句

頼滄先生詩集傳卷第八終

鹿鳴之什　　　　　　小雅

小雅之所以為小大雅之所以為大何也小雅言政

事之得失而大雅言道德之存亡政事雖大形也道

德無小不可以形盡也蓋其所謂小者謂其可得而

知壘盡於所知而無餘也其所謂大者謂其不可得

而知沛然其無涯者也故無爵命諸侯征伐四國事

之大者而在小雅行葦言燕兄弟耆老靈臺言麋鹿

魚鼈鳶鳥刺飲酒號呼韓奕歌韓侯取妻皆事之小者

而在大雅夫政之得失利害止於其事而道德之存

則夫思以忠信之道示我矣忠信者可以願得之而

禮樂以燕之從容以盡其歡使其自得如鹿之食苹

野無所畏忌則悠然自得而鳴呦呦矣我有嘉賓而

苹蘋蕭也筐筐屬所以行幣帛也周忠信也鹿食於

筐是將人之好我示我周行

呦呦鹿鳴食野之苹我有嘉賓鼓瑟吹笙吹笙鼓簧承

鹿鳴燕羣臣嘉賓也

也而有小大之異蓋未之思歟

也政有大小故有小雅焉有大雅焉以二雅爲皆政

亡所指雖小而其所及者大矣毛詩之叙曰雅者政

不可強取也

呦呦鹿鳴食野之蒿我有嘉賓德音孔昭視民不恌君

子是則是傚我有旨酒嘉賓式燕以敖

視觀也恌輕也敖遊也

呦呦鹿鳴食野之芩我有嘉賓鼓瑟鼓琴鼓瑟鼓琴和

樂且湛我有旨酒以燕樂嘉賓之心

芩草也湛樂之久也

鹿鳴三章章八句

四牡勞使臣之來也

皇皇者華以遣使臣四牡以勞其來以事言之當先

潁濱先生詩集傳

毛詩要義卷

遺後勞今先勞而後遣何也鹿鳴之三常施於禮樂

不獨用於勞遣故燕禮鄉飲酒歌焉意者以其聲焉

先後歟

四牡騑騑周道倭遲豈不懷歸王事靡盬我心傷悲

騑騑行不止也倭遲歷遠之貌也王事無不堅固者

是以不獲歸而傷悲也

四牡騑騑嘽嘽駱馬豈不懷歸王事靡盬不遑啓處

嘽嘽喘息也白馬黑鬣曰駱啓跪也處居也

翩翩者鵻載飛載下集于苞栩王事靡盬不遑將父

雖夫不夫不祝鳩孝鳥也春秋傳曰祝鳩氏司徒也

謂其孝故爾是以孝子不獲養而稱爲雛之飛也則
亦下而集於栩不若使者之久行不返不獲養父母
也將養也

翩翩者雛載飛載止集于苞杞王事靡盬不遑將母

杞枸檵也

駕彼四駱載驟駸駸豈不懷歸是用作歌將母來諗

駸駸驟貌也諗告也使者未嘗不懷歸也故君爲作

此歌於其來而告之以其欲養父母之意獨言將母

因四章之文也

四牡五章章五句

皇皇者華君遣使臣也

皇皇者華於彼原隰駪駪征夫每懷靡及

皇皇煌煌也高平曰原下濕曰隰駪駪衆也煌煌之

華生於原隰而不知原隰之異維其所在而無不

煌者臣奉君命以出而每懷不及事之憂不忘咨訪

不以遠近險易其心亦如華之無不煌煌也

我馬維駒六轡如濡載馳載驅周爰咨諏

周忠信也爰於也訪問於善為咨咨事為諏

我馬維騏六轡如絲載馳載驅周爰咨謀

咨難為謀

我馬維駱六轡沃若載馳載驅周爰咨度

咨禮爲度

我馬維駰六轡既均載馳載驅周爰咨詢

陰白襍毛曰駰咨親爲詢

皇皇者華五章章四句

常棣燕兄弟也

春秋外傳曰周文公之詩也蓋傷管蔡之失道而作
之以親兄弟

常棣之華鄂不韡韡凡今之人莫如兄弟

常棣棣也鄂其承華者也未有華盛於上而鄂不韡

辯者也兄弟之相爲益亦猶是矣故曰凡今之人莫

如兄弟以爲小人好以親爲怨而樂從其疏也故此

詩每陳朋友之不足恃者以告之

死喪之威兄弟孔懷原隰裒矣兄弟求矣

兄弟之相懷不見於其平居而見於死喪之威令使

人失其常居而聚於原隰之間則他人相舍而兄弟

相求矣裒聚也

脊令在原兄弟急難每有良朋況也永歎

脊令雝渠也飛則鳴行則搖不能自舍人之急難相

救不舍斯須如脊令者唯兄弟也雖有良朋其甚者

不過為之長歎息而已況甚也

兄弟鬩于牆外禦其務每有良朋烝也無戎

鬩狠也務當作侮烝塵也兄弟雖內鬩而不廢禦外

侮使朋友而相忿也其能久者無為戎以害已則善

矣尚可望其禦侮哉

喪亂既平既安且寧雖有兄弟不如友生

人居平安之世不知兄弟之可恃而以至親相責望

則兄弟常多過失易以生怨故有以朋友為賢於兄

弟者夫觀人於平安則不能得其實其必試之於患

難而後得之

儐爾籩豆飲酒之飫兄弟既具和樂且孺

儐陳也飫厭也孺屬也患世之疏遠其兄弟故教之

陳其籩豆飲酒至飫使兄弟具來以觀其樂否苟樂

也則其疏之者過矣

妻子好合如鼓瑟琴兄弟既翕和樂且湛

妻子以好合耳及其和也如鼓瑟琴況於兄弟之以

天屬也哉特患不親之耳苟其親之其樂豈特妻子

而巳翕合也

宜爾室家樂爾妻帑是究是圖亶其然乎

帑子也究深也亶信也小人思慮不能及遠常以為

兄弟之於我無所損益不知兄弟之相親亦所以宜

其室家而樂其妻帑者患其淺陋而不信故使之深

思而遠圖之以信其然否

常棣八章章四句

伐木燕朋友故舊也

伐木丁丁鳥鳴嚶嚶出自幽谷遷于喬木嚶其鳴矣求

其友聲相彼鳥矣猶求友聲矧伊人矣不求友生神之

聽之終和且平

伐木聲也嚶嚶兩鳥鳴也事之其小而須友者

伐木也物之無知而不忘其臺者鳥也鳥出於谷而

升於木以休爲安而不鳴有也故嚶然而鳴以求其

友況於事之大於伐木而人之有知也載是以先王

不遺朋友故舊以爲非特有人助也鬼神亦將祐之

以和平矣

伐木許許醸酒有藇既有肥羜以遠諸父寧適不來微

我弗顧

許許柹貌也坎坎曰釃曰湑藇酒貌也羜未

成羊也速召也伐木至小矣而猶須友故君子於其

閒暇而酒食以燕樂之所以求其驩心也

於粲洒埽陳饋入簋既有肥牡以速諸舅寧適不來微

我有咎

粢鮮明也天子八簋

饎以惢

伐木于阪釃酒有衍邊豆有踐兄弟無遠民之失德乾

惢多也民之失德也有以乾饎相詬讁故君子於其

朋友故舊無所愛者

有酒湑我無酒酤我坎坎鼓我蹲蹲舞我迨我暇矣飲

此湑矣

湑酋之也酤買也有則湑之無則酤之不以有無為

醉也奏之以鼓重之以舞盡其有以樂之也及我之

暇而飲我以湑道主人之厚也

伐木六章章六句

天保下報上也

人君以鹿鳴之五詩宴其羣臣天保者豈以答是五

詩於其宴也皆用之歟其言皆臣下所以願其君然

古禮廢矣不可得而知也

天保定爾亦孔之固俾爾單厚何福不除俾爾多益以

莫不庶

保安也單盡也除開也天之安吾君亦甚固矣使之

無不厚者是以無福不開予之使之多受增益是以

無物不蕃庶者

天保定爾俾爾戩穀罄無不宜受天百祿降爾遐福維

日不足

戩福也穀祿也將使之安有福祿故開其心智使之

無所不宜以能受之詩云宜民宜人受祿於天如是

然後可以長有其福而日且不足矣此所謂何福不

除也

天保定爾以莫不興如山如阜如岡如陵如川之方至

以莫不增

興作也言萬物無不作而盛者此所謂以莫不庶也

吉蠲爲饎是用孝享禴祠烝嘗于公先王君曰卜爾萬

壽無疆

吉善也蠲潔也饎酒食也春曰祠夏曰禴秋曰嘗冬
曰烝公先公也君先君也卜予也尸叚主人之辭也

蓋言非獨天助之先祖亦莫不予也

神之弔矣貽爾多福民之質矣日用飲食羣黎百姓徧

爲爾德

神報之以福民無爲而飲食百官象之而爲其德言

無有不順也弔至也質成也黎眾也百姓百官也

如月之恒如日之升如南山之壽不騫不崩如松柏之

茂無不爾或承

天地神人無有不順則其所以願之者如此恒常也

鴥鷮也木落則無繼落而有承者惟松柏也

天保六章章六句

采薇遣戍役也

采薇出車杕杜此三詩皆言文王為西伯以紂之命

而伐獫狁故其詩曰自天子所謂我來矣天子謂紂

也然此詩之作則非文王之世矣故其詩曰王命南

仲往城于方王謂文王也文王未王而稱王後世之

所追誦也而毛氏以王為紂故叙以為文王之世歌

此詩以遣勞之夫紂得命文王而不得命南仲故王

得爲文王而不得爲紂王不得爲紂則此詩非文王

之世之詩明矣

采薇采薇亦作止曰歸曰歸歲亦莫止靡室靡家獫

狁之故不遑啓居獫狁之故

文王爲西伯以天子之命西伐昆夷北伐獫狁將遣

戍役而戒其期曰薇可采而行故於其行而督之曰

薇亦作矣可以行矣旣告之以其行又告之以其歸

曰歲莫而後反凡所以使民又役於外弃其室家而

不遑啓處者皆獫狁之故也

采薇采薇薇亦柔止曰歸曰歸心亦憂止憂心烈烈載

饑載渴我戍未定靡使歸聘

行者內憂歸期之遠而外爲饑渴之所困亦甚病矣

戍者未定則無以使之歸聘天子是以若是急也

采薇采薇薇亦剛止曰歸曰歸歲亦陽止王事靡盬不

遑啓處憂心孔疚我行不來

始言薇作次言薇柔終言薇剛言時日已晚不可復

留也歲之陽十月也不來不反也兵行故有不反之

憂

彼爾維何維常之華彼路斯何君子之車戎車旣駕四

牡業業豈敢定居一月三捷

爾華盛貌說文作蘳常常棣也君子將帥也其車陳

於道路如華之盛而其馬業業然壯也豈以是安於

遠戍使汝不速反乎亦庶乎一月而三捷以求速歸

耳

駕彼四牡四牡騤騤君子所依小人所腓四牡翼翼象

弭魚服豈不日戒玁狁孔棘

騤騤強也腓辟也象弭以象骨飾弓末也魚服以魚

獸之皮爲矢服也棘急也將帥之車非獨君子之所

依亦小人之所恃以辟患難也且將帥之在軍畏愼

翼翼躬服弓矢相戒以獫狁甚急豈獨暇豫哉其勞

苦憂思亦與士卒共之耳

昔我往矣楊柳依依今我來思雨雪霏霏行道遲遲載

渴載饑我心傷悲莫知我哀

此章深言其往返之勞者所以深慰之也

采薇六章章八句

出車勞還率也

我出我車于彼牧矣自天子所謂我來矣召彼僕夫謂

之載矣王事多難維其棘矣

牧郊也其將帥彼徒出車于郊而曾云曰有雲自天

于所而使我出征者召僕夫而使之載王事多難不

可緩也

我出我車于彼郊矣設此旐矣建彼旄矣彼旐旄斯胡

不旆旆憂心悄悄僕夫況瘁

龜蛇曰旐鳥隼曰旟旄于旄也旆旆揚也況甚也君

于勇於從事維恐旟旐之不旆與僕夫之甚瘁不

如其志也

王命南仲往城于方出車彭彭旂旐央央天子命我城

彼朔方赫赫南仲玁狁于襄

王謂文王也是時文王未王而稱王者後世之追稱

也南仲文王之屬也方朔方也彭彭壯盛也交龍爲
旂央央明盛也襄除也文王命南仲往城朔方曰天
于以是命我今使南仲爲將以往庶乎玁狁之患於
是而除有以報天子矣

昔我往矣黍稷方華今我來思雨雪載塗王事多難不
遑啓居豈不懷歸畏此簡書

文王之伐玁狁也采薇而行采繁而歸今曰黍稷方
華則六月矣雨雪載塗則十月矣蓋既城朔方六月
而出兵十月而還止於朔方來年春而歸也簡書戒

命也

喓喓草蟲趯趯阜螽未見君子憂心沖沖既見君子我

心則降赫赫南仲薄伐西戎

草蟲鳴而阜螽躍婦人之念君子亦猶是矣方其未

見也以不見爲憂耳及其既見而後知喜其成功也

故其終也則衿之曰赫赫南仲薄伐西戎然則既伐

玁狁又伐西戎也

春日遲遲卉木萋萋倉庚喈喈采蘩祁祁執訊獲醜薄

言還歸赫赫南仲玁狁于夷

卉草也訊問也醜衆也夷平也

出車六章章八句

杕杜勞還役也

兵之出也有遣役而無遣率蓋為軍中之禮也軍中

上下同事故遣役而遂遣率及其還也率役分勞役

為國中之禮也國中貴賤異數故勞率而後勞役禮

曰賜君子小人不同日此之謂也

有杕之杜有睆其實王事靡盬繼嗣我日

睍實貌也君子行役則婦人獨任其家事如特生之

杜而貟有睍之實言弱而不能勝也奈何王事且夜

不已使君子久而不反乎

日月陽止女心傷止征夫遑止

遑暇也春而出征至於十月則歸期及矣而猶不至

故女心傷悲曰吾君子亦瑕矣乎曷爲不時至哉

有杖之杜其葉萋萋王事靡盬我心傷悲卉木萋止女

心悲止征夫歸止陟彼北山言采其杞王事靡盬憂我

父母

事靡盬非獨以病行者也又以憂其父母曾山木之

山之草木非一也而獨采其杞則山嘗有餘矣今王

不若也

檀車幝幝四牡痯痯征夫不遠

檀車以檀爲車也幝幝敝貌也痯痯罷貌也

匪載匪來憂心孔疚期逝不至而多爲恤卜筮偕止會

言近止征夫邇止

君子不載不來使我憂心甚病歸期逝矣而不時至

徒多爲相恤之言而已於是卜之筮之而同日近矣

征夫邇矣言其家念之至也

杜杜四章章七句

魚麗美萬物盛多能備禮也

魚麗于罶鱨鯊君子有酒旨且多

麗歷也罶曲梁也所謂寡婦之笱也鱨揚也鯊鮀也

寡婦之笱而獲鱨鯊施者小而得者大也古之仁人

交萬物有道取之有時用之有節則草木鳥獸蕃殖

無有求而不得君子於是及其閒暇而爲酒醴以燕

樂之其酒既旨且多言無所不備也

魚麗于罶魴鱧君子有酒多且旨

鱨鯊也

魚麗于罶鰋鯉君子有酒旨且有

鰋鮎也

物其多矣維其嘉矣物其旨矣維其偕矣物其有矣維

其時矣

偕齊也多則患其不嘉旨則患其不齊有則患其不

日藏詩經古寫本刻本彙編

四五五八

時令多而能嘉旨而能齊有而能時言曲全也

魚麗六章三章章四句三章章二句

潁濱先生詩集傳卷第九終

小雅

南陔之什

南陔孝子相戒以養也

白華孝子之潔白也

華黍時和歲豐宜黍稷也

此三詩皆亡其辭古者鄉飲酒燕禮皆用之孔子編
詩蓋亦取焉歷戰國及秦亡之而獨存其義毛公傳
詩附之鹿鳴之什遂改什首予以為非古於是復為
南陔之什則小雅之什皆復孔子之舊

南有嘉魚樂與賢也

南有嘉魚烝然罩罩君子有酒嘉賓式燕以樂

烝塵也罩藿也罩罩非一辭也魚之在水至深遠矣

然人未嘗以深遠為辭而不求雖不可得猶久伺而

多罩之是以魚無有不得也苟君子之求賢心誠好

之而不倦如是人之於魚則亦豈有不可得者哉

南有嘉魚烝然汕汕君子有酒嘉賓式燕以衎

汕樏也樏撩吾也衎樂也

南有樛木甘瓠纍之君子有酒嘉賓式燕綏之

魚非有求於人而人則取之以為賢者亦如是而吾

則強求之歟非也瓜蔓於地是豈可強使從人哉然

其遇樛木也未嘗不纍之而上物之相從物之性也
豈有賢者而不願從人者哉獨患不之求耳孔子曰
未之思也夫何遠之有
翩翩者雖夭然來思君子有酒嘉賓式燕又思
父子之相親物無不然者故擇木之鳥常懷其親來
而不去君子之事君如子之養父母義有不可已者
故曰長幼之節不可廢也君臣之義如之何其廢之
蓋孔子歷聘於諸侯老而不厭乃所謂夭然來思者
惟莫之用是以終舍而去古之君子於土之至也則
酒食以燕樂之故士可得而留也又復也思辭也既

燕矢而猶未厭安之也

南有嘉魚四章章四句

南山有臺樂得賢也

南山有臺北山有萊樂只君子邦家之基樂只君子萬

壽無期

臺夫須也萊草也國之有賢人猶山之有草木以自

覆蓋也君子之長育人才如山之長育草木多而不

厭外則能爲邦家之基內則身享壽考之報矣且非

獨如此而已至於德音洽於衆聽餘慶及其後人亦

未有不由此也故終篇歷言之

南山有桑北山有楊樂只君子邦家之光樂只君子萬

壽無疆南山有杞北山有李樂只君子民之父母樂只

君子德音不已南山有栲北山有杻樂只君子

壽樂只君子德音是茂

栲山樗也杻檍也

南山有枸北山有楰樂只君子遐不黃耈樂只君子保

艾爾後

枸枳枸也楰鼠梓也

南山有臺五章章六句

由庚萬物得由其道也

崇丘萬物得極其高大也

由儀萬物之生各得其宜也

三詩皆亡鄉飲酒燕禮亦用焉燕禮升歌鹿鳴下管

新宮射禮諸侯以狸首爲節新宮狸首皆正詩而詞

義不見或者孔子刪之歟不然後世亡之也

蓼蕭澤及四海也

蓼彼蕭斯零露湑兮既見君子我心寫兮燕笑語兮是

以有譽處兮

蓼長大貌也蕭蒿也譽豫通凡詩之譽皆言樂也諸

侯來朝其衆且賤如蕭蒿然王者推恩以接之無所

不及如零露之於蕭然故其既見天子也莫不思盡
其心之所有以告之天子又申之以燕禮於其燕也
極其笑語之樂而無間諸侯是以樂處於是也

蓼彼蕭斯零露瀼瀼既見君子爲龍爲光其德不爽壽
考不忘

瀼瀼多貌龍寵也

蓼彼蕭斯零露泥泥既見君子孔燕豈弟宜兄宜弟令
德壽豈

泥泥濡貌兄弟同姓諸侯也

蓼彼蕭斯零露濃濃既見君子鞗革沖沖和鸞雝雝萬

福攸同

僊攣也華攣首也沖沖垂貌也在軾日和在衡曰鸞

諸侯燕見天子天子必乘車迎之於其門故云

蓼蕭四章章六句

湛露天子燕諸侯也

湛湛露斯匪陽不晞厭厭夜飲不醉無歸

湛湛凝也晞乾也厭厭久也天子燕諸侯而飲之酒

如露之凝於物無不濡足者飲酒至夜非醉而不出

如露之得日而後乾也

湛湛露斯在彼豐草厭厭夜飲在宗載考

宗同姓也考成也古者族人侍飲于宗子不醉而出
是不親也醉而不出是漫宗也天子之飲諸侯亦然
故在同姓則成之異姓則辭之

湛湛露斯在彼杞棘顯允君子莫不令德

露之在草也如將不勝其在木也則能任之矣將言
其無不醉故以豐草言之將言其醉而不能亂故以

杞棘言之顯允君子莫不令德言醉而不亂也

其桐其椅其實離離豈弟君子莫不令儀

桐椅雖實繁而枝不披君子雖飲酒至夜將之以禮

禮終而莫不令儀如桐椅之不爲實所困也

湛露四章章四句

彤弓之什　　小雅

彤弓天子錫有功諸侯也

彤弓弨兮受言藏之我有嘉賓中心貺之鐘鼓既設一
朝饗之

春秋傳曰諸侯敵王所愾而獻其功王於是乎賜之
彤弓一彤矢百玈弓矢千以覺報燕凡諸侯賜弓矢
然後專征伐彤弓朱弓也弨弛貌也大飲賓曰饗其
賜之也行之以饗禮一朝饗之言亓厚之以大禮也

彤弓弨兮受言載之我有嘉賓中心喜之鐘鼓既設一

朝右之

載載以歸也右助也

彤弓弨兮受言櫜之我有嘉賓中心好之鐘鼓既設一

朝醻之

櫜韜也醻報也

彤弓三章章六句

菁菁者莪樂育材也

菁菁者莪在彼中阿既見君子樂且有儀

菁菁盛貌也莪蘿蒿也阿大陵也君子之長育人材

如阿之長莪菁菁然盛也

菁菁者莪在彼中沚旣見君子我心則喜菁菁者莪在

彼中陵旣見君子錫我百朋

古者貨貝二貝爲朋百朋言其所以禄士之多也

沈沈楊舟載沉載浮旣見君子我心則休

君子之於人無所不養譬如楊舟之於物浮沉無不

載也二雅之正其詩之先後周之盛時蓋已定之矣

仲尼無所升降也故儀禮之歌詩其次與今詩合小

雅小述文武下及成王然其詩之次皆非其世之先

後周公旣定禮樂自鹿鳴至於杕杜九篇皆以施於

燕勞以其事爲次故常棣雖周公閔管蔡之詩而列

於四非復以世爲先後也今將辯之則其言伐玁狁

西戎者爲文王之詩其言天下治安爵命諸侯澤及

四海者爲武成之詩其餘則有不可得而詳者矣且

其言文王事紂之際猶有追稱王者然則武成之世

所以追誦文王而非文王之世所自作也

　菁菁者莪四章章四句

六月宣王北伐也

六月棲棲戎車既飭四牡騤騤載是常服玁狁孔熾我

是用急王于出征以匡王國

棲棲不安也常服韎韐也于曰也宣王承衰亂之後

玁狁內侵命尹吉甫伐之六月方暑而不遑安飾其

車馬載其戎服而告其衆曰玁狁甚熾我是以急於

出兵且又有王命不可緩也

比物四驪閑之維則維此六月既成我服我服既成于

三十里王于出征以佐天子

周官祭祀朝覲會同毛馬而頒之軍事物馬而頒之

毛齊其色也物齊其力也既比其物而又四驪言馬

有餘也閑習也則法也馬既齊矣服既成矣則於是

出征古者師行日三十里

四牡脩廣其大有顒薄伐玁狁以奏膚公有嚴有翼共

武之服共武之服以定王國

顒大貌也膚大也公功也嚴莊也翼敬也言將帥之

德也服事也

玁狁匪茹整居焦穫侵鎬及方至于涇陽織文鳥章白

旆央央元戎十乘以先啓行

匪茹非其所當入也整居言無憚也焦穫周之藪也

郭璞曰扶風池陽瓠中是也鎬鎬京也方未詳涇陽

涇之北也織文徽織之文也鳥章華鳥之章也旆繼

旐者也夏曰鈎車先正也商曰寅車先疾也周曰元

戎先良也皆所以啓突敵陣之前行也

言集傳　卷十

戎車既安如輕如軒四牡既佶既佶且閑薄伐玁狁至
于太原文武吉甫萬邦爲憲後視之如輕前視之如軒車之調也佶壯健也

吉甫燕喜既多受祉來歸自鎬我行永久飲御諸友炰
鼈膾鯉侯誰在矣張仲孝友來歸自鎬歸其采邑也吉甫既還燕其朋友而張仲在焉張仲賢人也言其所與無非賢者侯維也

六月六章章八句

采芑宣王南征也

薄言采芑于彼新田于此菑畝方叔涖止其車三千師

干之試方叔率止桑其四騏四騏翼翼路車有奭簟茀

魚服鉤膺鞗革

芭菜也田一歲曰菑二歲曰新三歲曰畬涖臨也師

眾也干扞也奭赤貌也金路赤飾鉤膺樊纓也將采

芭者於何取之其必於新田菑畬而後得之方其治

田也則勞而及其采芭也則佚故宣王之南征則亦

使方叔治其軍而後用之方叔之治軍也陳其車馬

而試其眾以扞敵之法又親以身率之士之從之者

皆知愛之是以美其車馬之飾而無厭也其車三千

為二十二萬五千人以荊蠻強盛不得不爾耶

薄言采芑于彼新田于此中鄉方叔涖止其車三千旂

旆央央方叔率止約軧錯衡八鸞瑲瑲服其命服朱芾

斯皇有瑲葱珩

中鄉民居在焉故其田尤治軧長轂也約之以革錯

衡文衡也三命赤芾葱珩

鴥彼飛隼其飛戾天亦集爰止方叔涖止其車三千師

干之試方叔率止鉦人伐鼓陳師鞠旅顯允方叔伐鼓

淵淵振旅闐闐

戾至也爰於也鉦所以止鼓所以進也鞠告也淵淵

闐闐鼓聲也振旅治兵之猷也隼之飛而至天甚迅

獫狁蠻荊來威

訊獲醜戎車嘽嘽嘽嘽焞焞如霆如雷顯允方叔征伐

蠢蠢爾蠻荊大邦為讐方叔元老克壯其猶方叔率止執

卒章而後言其遇敵故三章皆治兵也

章之服非卽戎之服三章之陳師未戰而振旅至於

人詳其治兵而略其出兵首章之車非卽戎之車二

方叔之南征先治其兵既眾且治而蠻荊逐服故詩

鼓以誓之士之聞其鼓聲者無不服其明信也意者

教則不知戰之節才亦不可用也故方叔命其鉦人擊

疾矣然必集於其所當止而後可用言士雖勇而不

猶謀也嘽嘽衆也焞焞盛也方

克之矣況於蠻荆安有不來服而畏之者乎

采芑四章章十二句

車攻宣王復古也

我車既攻我馬既同四牡龐龐駕言徂東

攻堅也同齊也宗廟齊毫戎事齊力田獵齊足所謂

同也龐龐克實也東都也宣王丙脩政事車既堅

馬既齊則往東都田獵以治兵焉

田車既好四牡孔阜東有甫草駕言行狩

甫大也田者大刈草以爲防所謂甫草也

之子于苗選徒囂囂建旐設旄搏獸于敖

苗狩皆田之通名也敖鄭山也

駕彼四牡四牡奕奕赤芾金舄會同有繹

於是諸侯來朝王因與之出田赤芾金舄諸侯之服

也金黃朱色也繹陳也

決拾既佽弓矢既調射夫既同助我舉柴

決鉤弦也拾遂也佽手指比也調強弱等也言射事

脩備也射夫既同言無不善射也柴或作呰積也言

諸侯亦助之舉積禽也

四黃既駕兩驂不猗

猗傩也言御者之良也

不失其馳舍矢如破

言射者之良也不善射者為之詭遇則獲不然則不

能使御者不失其馳而舍矢如破然後為善射也

蕭蕭馬鳴悠悠斾旌徒御不驚大庖不盈

兵之出徒聞其馬鳴蕭蕭徒見其斾旌悠悠言不譁

也不驚驚為也不盈盈也驚猶警戒也

之子于征有聞無聲允矣君子展也大成

允信也展誠也我必聲之然後人聞之我則不聲而

人則聞之必其實有餘也故曰信哉其君子矣誠哉

其大成矣

車攻八章章四句

吉日美宣王田也

吉日維戊既伯既禱田車既好四牡孔阜升彼大阜從

其羣醜

也醜類也

伯馬祖天駟也古者將用馬力則禱於其祖從從禽

吉日庚午既差我馬獸之所同麀鹿麌麌漆沮之從天

子之所

差擇也外事用剛日故禱以戊擇以庚同聚也鹿牡

日虎應鹿多也漆沮在渭北所閒洛未也自宣其

驅獸而至天子之所也

彼中原其祁孔有儦儦俟俟或羣或友悉率左右以

燕天子

言禽獸之多且擾也祁大也趨則儦儦行則俟俟二

為羣二為友率馴也燕樂也

既張我弓既挾我矢發彼小豝殪此大兕以御賓客

以酌醴

壹發而死曰殪燕新酌醴所以厚賓也

吉日四章章六句

鴻鴈美宣王也

鴻鴈于飛肅肅其羽之子于征劬勞于野爰及矜人哀

此鰥寡

鴻鴈背陰向陽如民之去危從安屬王之後民人離

散譬如鴻鴈之飛四方無所不往徒聞其羽聲肅肅

未知所止也及宣王遣使勞來安集之雖鰥寡無不

寧息矜人人之可憐者也

鴻鴈于飛集于中澤之子于垣百堵皆作雖則劬勞其

究安宅

使者所至招來流民使及其都邑築其墻垣而安處

之然後民知所止如鴻鴈之集于澤也故其民難

而不怨曰其終將安宅矣

鴻鴈于飛哀鳴嗸嗸維此哲人謂我劬勞維彼愚人

我宣驕

民復其故居勞而未定如鴻鴈之嗸嗸也與殘補敗

不能自靖不知者以為宣驕耳

　鴻鴈三章章六句

庭燎美宣王也

宣王不忘夙興而問夜之早晚足以為無過矣非所

當譏也毛氏猶謂雞人不脩其官故敘曰因以箴之

過矣

夜如何其夜未央庭燎之光君子至止鸞聲將將

央久也庭燎大燭也宣王將視朝不安於寢而問夜
之蚤晚日夜如何矣則對曰夜未央庭燎光朝者至

而聞其鸞聲矣

夜如何其夜未艾庭燎晰晰君子至止鸞聲噦噦

艾將盡也晰晰明也噦噦徐也

夜如何其夜鄉晨庭燎有煇君子至止言觀其旂

夜聞其鸞聲而已晨則見其旂矣至此然後可以視

朝

庭燎三章章五句

沔水覗宣王也

沔彼流水朝宗于海鴥彼飛隼載飛載止嗟我兄弟邦

人諸友莫肯念亂誰無父母

沔水流滿也水流猶有所朝宗而隼飛猶有所止諸

侯獨奈何肆行不顧曾無所畏忌哉故告於兄弟之

國與其友邦之君子爾莫肯念救吾亂人豈有無父

母而能生者哉君臣之不可廢猶父子之不可去也

沔彼流水其流湯湯鴥彼飛隼載飛載揚念彼不蹟載

起載行心之憂矣不可弭忘

湯湯無所入也飛揚無所止也不蹟不循道也聊止
也

歗彼飛隼率彼中陵民之訛言寧莫之懲我友敬矣讒

言其興

厲王之亂而諸侯恣行不可禁止宣王將復繩之而

君子懼其不以漸治久亂而不以漸治亂之激也故

告之曰隼舍其飛而循中陵斯以畏矣民猶將為訛

言以誣之不可不懲也今諸侯亦欲敬矣特畏讒言

之興是以不至至而有讒恐不能自免耳

沔水三章二章章八句一章章六句

鶴鳴誨宣王也

鶴鳴于九皋聲聞于野魚潛在淵或在于渚樂彼之園

爰有樹檀其下維蘀它山之石可以爲錯

皋澤也蘀落也爰曰也鶴鳴于深澤而聲聞於野魚

潛于淵而時出於渚言物無隱而不見也人之樂於

園者謂其上有檀而下有蘀言大者之無所不容也

它山之石以爲無用矣猶可以爲錯而攻玉言世未

有無用之物也求賢者亦猶是耳

鶴鳴于九皋聲聞于天魚在于渚或潛在淵樂彼之園

爰有樹檀其下維穀它山之石可以攻玉

榖楮也

鶴鳴二章章九句

頼濱先生詩集傳卷第十終